FREE RIDE

L'autrice a bénéficié d'une bourse d'écriture
de la ville de Rennes pour ce roman.

Le poème d'Hélène Cadou, cité en p.36-37, est extrait du recueil *Le Prince des lisières*, éditions Rougerie, 2007.

ISBN 979-10-352-0604-8

Éditrices : Charline Vanderpoorte et Gaïa Marty
Assistante d'édition : Juliette Gaillard
Illustration de couverture : Johanne Licard
Maquette de couverture : Florie Briand
Maquette intérieure : Amandine Chambosse

Loi n° 49-956 du 16 juillet 1949 sur les publications destinées à la jeunesse

JESSIE MAGANA

FREE RIDE

EDITIONS
THIERRY
MAGNIER

Jessie Magana a publié une quinzaine de romans et de documentaires pour la jeunesse et pour les adultes. Souvent engagés, ses écrits explorent le passé ou le présent, questionnent le monde ou aimeraient le changer. Son goût pour la transmission se prolonge dans les conférences ou les ateliers d'écriture qu'elle anime. Elle vit près de Rennes.

Bibliographie :

Gisèle Halimi, coll. Les Grandes Vies (illustré par É. Heinzer), Gallimard jeunesse, 2022.

Nos elles déployées, coll. Grands romans, éditions Thierry Magnier, 2021.

Tous différents mais tous égaux ! Et toutes les questions que tu te poses sur le sexisme, le racisme et bien d'autres discriminations (illustré par C. Lallemand), Fleurus, 2021.

Des mots pour combattre le racisme (avec A. Messager), Syros, 2020.

Atlas d'histoire : D'où vient la France ? (avec L. Flavigny et A. Boissière, illustré par J. Billaudeau), Actes Sud Junior, 2020.

Les Mots pour combattre le sexisme, Syros, 2019.

D'espoir et d'acier : Henri Gautier, métallo et résistant (illustré par S. Vassant), L'Atelier, 2018.

Des cailloux à ma fenêtre, coll. Les Héroïques, Talents Hauts, 2016.

Atlas : Comment va le monde ? (avec L. Flavigny et A. Boissière, illustré par S. Assous), Actes Sud Junior, 2016.

Eux, c'est nous (avec D. Pennac et C. Saturno, illustré par S. Bloch), Collectif des éditeurs jeunesse avec les réfugiés, diffusion Gallimard Jeunesse, 2015.

Riposte ! Comment répondre à la bêtise ordinaire, (illustré par A. Pilon), Actes Sud Junior, 2014.

Comment parler de l'égalité filles-garçons aux enfants, Le Baron perché, 2014.

Gisèle Halimi : « Non au viol », coll. Ceux qui ont dit non, Actes Sud Junior, 2013.

Général de Bollardière : « Non à la torture », coll. Ceux qui ont dit non, Actes Sud Junior, 2008.

À Marie, qui se reconnaîtra un peu dans cette histoire.

JOUR 4

[EDGAR]

Tessa est là. Edgar la voit à travers la vitre. C'est son corps, caché sous un drap, son visage couvert par le respirateur. C'est son crâne, relié à une sonde, sa poitrine à des capteurs, son bras à une perfusion.

C'est son corps, mais ce n'est pas Tessa.

Ils ont dit « C'est comme si elle était endormie », mais non, car quand Tessa dort, Edgar l'a vu, ses paupières tressautent, elle fronce les sourcils, ses lèvres bougent.

Ils ont dit : « Vous pouvez lui parler. Quand elles se réveillent du coma, certaines personnes affirment qu'elles ont entendu les voix de leurs proches. Vous pouvez la toucher aussi, parfois les gens réagissent au toucher. Tout ce que vous pourrez faire pour maintenir le lien, garder le contact, sera bénéfique. »

Et si elle n'entendait rien ? Ne sentait rien ?

Et si elle ne se réveillait pas ?

Le ventre d'Edgar se tord, crampe, il suffoque.

Pas d'air.

Il sort.

Dehors, des voitures alignées sur le parking de l'hôpital, des arbres nus, des flaques gelées, le ciel plombé par le brouillard de fond de vallée.

En haut, il fait grand beau.

Comme dimanche dernier.

Ils n'auraient jamais dû y retourner.

Le bruit des pales de l'hélico, la neige qui se soulève, Edgar protège Tessa, pose ses mains sur ses oreilles. Elle respire trop vite, les sauveteurs n'arrivent pas.

Beaucoup de bruit autour d'eux, mais sans sa voix, elle risque de partir, alors il murmure à son oreille.

Dernières secondes seuls tous les deux.

Après, il ne se rappelle plus, les secouristes ont dû lui poser des questions, il a dû répondre, ils ont dû faire les bons gestes, protéger le cou de Tessa, son corps, l'aider à respirer.

Edgar ne se souvient pas du trajet en hélico, de l'arrivée à l'hôpital.

Des heures plus tard, face au père de Tessa, dans la salle d'attente, il affronte son regard, ses questions. Réponses : « Oui. Non. Je ne sais pas. »

Il voulait juste revenir en arrière. Juste avant qu'elle saute. Qu'elle crie : « C'est dément ! »

Ils n'auraient jamais dû y retourner.

[ANNE]

Anne entre dans la chambre, s'approche du lit.

La poitrine de Tessa se soulève, sa peau est rose. Elle est vivante.

– Tessa, c'est maman.

En permanence, des machines sont là pour veiller sur elle, vérifier qu'elle respire, que son cerveau n'est pas comprimé.

Elle se repose. Elle n'a pas mal.

Ils ont bien expliqué : elle est sous coma artificiel.

Artificiel.

La chirurgienne a dit qu'il devait être maintenu quelque temps, pour soulager la pression sur le cerveau. Mais elle a dit, et ça, Anne en est sûre, car elle l'a entendu très distinctement – elle l'a même fait répéter à son père, sa mère et Benoît, qui étaient là, et ont confirmé qu'ils avaient bien entendu la même chose –, Tessa va se réveiller.

La chirurgienne a dit ça quand Anne est arrivée à l'hôpital. Anne venait de faire neuf heures de route depuis Rennes, mais elle a bien entendu.

La chirurgienne a dit que l'opération s'était bien déroulée, que l'hématome avait été résorbé. Elle a fait ce qu'il fallait.

Une infirmière a confirmé que l'opération s'était bien passée, elle a même dit que l'hématome avait été pris à temps. Un infirmier a répété que Tessa était stabilisée. Il a dit ça, stabilisée.

Stable. Ça lui va bien, ce mot, à Tessa. Stable. Solide. Forte.

L'équipe médicale est formidable.

Ils ont dit qu'il fallait parler à Tessa. Anne a bien réfléchi, pesé tous les mots, elle se lance :

– Tessa, c'est maman. Tu es à l'hôpital. Tu as eu un accident en montagne, un choc à la tête, tu as été opérée. Ils t'ont mise sous coma artificiel pour que tu te reposes. Ça fait quatre jours que tu es là, je suis venue tout de suite, mais les médecins ont dit d'attendre pour les visites. On ne pouvait te voir que derrière une vitre. On va pouvoir se parler tous les jours maintenant.

Quand ils vont lever le coma artificiel, Tessa va se réveiller.

C'est sûr.

Ils l'ont tous dit.

Elle était dans le coma avant d'arriver à l'hôpital, elle respirait mal, mais ils l'ont aidée avec un ballon, tout de suite. Ils sont arrivés trente minutes après l'accident.

Trente minutes, c'est rien.

L'hématome a été pris à temps.

La chirurgienne est une pointure.

Anne chuchote :

– Maintenant ça va aller de mieux en mieux.

Ils ont dit qu'il n'y a rien d'autre à faire qu'attendre.

Ils vont lever le coma artificiel, quand ils pourront. C'est mieux pour elle d'être sous sédatifs, pour supporter le respirateur, les sondes. Sinon, elle aurait mal.

Là, elle ne sent rien.

Elle ne se rend compte de rien.

Ils ont dit que les gens se réveillent du coma sans aucun souvenir. Qu'on ne sait pas s'ils entendent, s'ils sentent la présence des autres. Parfois, des gens disent avoir entendu les voix de leurs proches pendant leur coma.

Les infirmières parlent aux patients comme s'ils étaient conscients, elles les soignent en expliquant les gestes qu'elles pratiquent. Ils ont une approche très humaine dans cet hôpital.

Tessa est bien prise en charge.

Anne pose sa main sur celle de Tessa. La chaleur de sa peau se diffuse à ses doigts, son bras, remonte à sa poitrine. Anne l'arrête juste à temps.

– Et quand tu te réveilleras, on sera là.

C'est leur rôle, à eux, les parents, d'être là.

Ils auraient dû être là, ensemble. Au lieu de ça, Anne était en Bretagne, Benoît ici, elle a appris la nouvelle au téléphone, comme toutes les nouvelles depuis qu'elle est retournée vivre à Rennes.

Benoît devrait être là, près de Tessa.

– Papa viendra sûrement te voir tout à l'heure.

Cette chambre est comme toutes les chambres d'hôpital, les murs crépis, grisâtres, les néons au plafond, le sol en lino.

– Ta chambre est un peu triste, on a le droit d'apporter des objets à toi, de la musique, pour que tu te sentes chez toi quand tu te réveilleras.

Anne s'assoit, pose son ordinateur portable sur ses genoux.

– J'ai fait une petite liste cette nuit. J'ai pensé à rapporter ton joli plaid, ta petite lampe, ta photo préférée, tes chaussettes fétiches. Est-ce qu'ils vont te les mettre ? Il fait tellement chaud dans cette chambre. L'idéal, ça aurait été ta paire de skis mais ça va sûrement pas être possible. On verra plus tard, les chaussettes, déjà, c'est bien. Il faudrait aussi que tu écoutes ta musique. Ton portable a disparu pendant l'accident, cette manie aussi de jamais fermer tes poches ! Papa va peut-être réussir à craquer ton compte Spotify. Tiens, d'ailleurs, je rajoute dans ma liste : « Acheter une petite enceinte Bluetooth. »

Anne tape vite.

– Aussi, j'ai pensé, est-ce que tu aimerais que je te lise des histoires, comme quand tu étais petite, tu te rappelles ? Je vais passer à la librairie demander ce qui vient de sortir pour les ados. Je le rajoute à ma liste.

Anne en profite pour taper :

- Prévenir : la famille du côté de Benoît, la famille éloignée, les amis de Rennes.
  → Préparer un mail général.
- Rappeler Gil pour avoir la liste des profs, des copains qui voudraient lui rendre visite.

Anne tape « Edgar », puis l'efface. Elle ferme le fichier « Liste pour Tessa ». Sa boîte mail indique 25 non lus. Elle résiste à l'envie de les traiter. Elle a prévenu l'agence mais ça ne change strictement rien : télétravail à Rennes ou à 900 kilomètres, tout est bordé, Anne peut rester. Elle sera là le temps qu'il faudra.

Tessa a besoin de sa mère, et Anne est capable de revenir ici, maintenant.

Elle ne fuira plus, comme à dix-huit ans, cette vallée étroite, aussi étriquée que l'esprit de ses habitants, le maigre rayon livre du supermarché, les kilomètres pour aller en boîte, sa mère qui venait la chercher trop tôt en soirée, le ciné qui sentait le moisi, les fils de bourges qui cambriolaient les casiers à skis des touristes, les blagues racistes décomplexées.

Elle ne fuira plus, comme il y a quatre ans, cet appartement où ils avaient emménagé avec Benoît et Tessa, dans une résidence donnant sur un petit parc arboré, vue sur la montagne, juste à côté de chez ses parents – « près de toutes les commodités », avait dit l'agent immobilier, « et l'école à pied pour la petite... et la maman », avait-il ajouté avec un clin d'œil –, les matins pressés – vêtements, petit-déj', brossage de dents et de cheveux, chaussures, manteau, cartable –, les soirées remplies – goûter, devoirs, bain, dîner, lecture du soir –, et entre les deux, les heures qui s'étirent, quand le vide prend toute la place et que mettre une lessive ou poster une lettre suffit à le remplir.

Tout va bien à présent, ils ont trouvé leur équilibre. Anne a un travail à Rennes. Avec Benoît, ils vivent à 900 kilomètres de distance, sans être séparés, c'est original, ils ont inventé leur modèle, ils ne sont pas comme les autres. Ils passent leurs week-ends et leurs vacances ensemble, et Tessa adore son internat. Quand elle est entrée en sixième, elle a refusé que Benoît prenne un appartement à côté du collège.

Tessa allait bien.

Très bien même.

Anne referme son ordinateur. Ils ont dit pas plus d'une demi-heure de visite par jour, encore cinq minutes.

Benoît n'entre pas.

L'ordinateur glisse, Anne le rattrape *in extremis*.

– Merde ! Oh pardon… Je dois partir, il faut que tu te reposes. Je reviens demain, je t'apporte tout ça.

Elle reprend la main de Tessa.

Elle est chaude.

Tessa est stabilisée.

Elle va se réveiller.

Elle est vivante.

[BENOÎT]

– Alors ?

– Alors quoi ?

– Mais comment va Tessa ?

Anne le repousse. Elle a ce regard dur. Dur comme ses muscles quand Benoît a voulu s'approcher, la toucher. C'est nouveau. Depuis trois jours, elle a changé. Est-ce que toutes ces années de « travail sur soi », de thérapie, de stages et autres *workshops* ont fini par payer ? Est-ce qu'elle réussit à faire face cette fois ?

Benoît tord ses mains pour les empêcher de trembler. Il faudrait qu'il aille courir, évacuer, mais il est planté là, depuis trois jours, dans ce couloir, avec Anne ou ses beaux-parents.

Ses jambes n'ont pas voulu entrer dans la chambre, Anne n'a pas compris.

Comment elle fait ? Voir Tessa allongée sur un lit, reliée à des machines. Il l'a aperçue à travers la vitre. Ça a duré trois secondes et il n'arrive pas à s'enlever cette image de la tête.

Tessa, ce n'est pas ça.

Tessa, c'est le mouvement, la vitesse, la courbe parfaite du ski carvant la neige au millimètre. Des cuisses qui résistent, des bras qui cognent les piquets, des yeux qui lisent la pente, un millième de seconde avant les autres. « Tessa la vista », ça la faisait rire, ce surnom, petite, après elle en a eu ras le bol. « Je suis plus une gamine, papa », un éclat de rire et son poing qui se tend pour faire leur *check*.

Tessa, c'est le goût de l'effort, le sport, le ski, comme Benoît. Son truc à lui, quand il était ado, c'était l'athlé. Il aurait peut-être percé s'il n'avait pas préféré glander place du Parlement plutôt que de griffer le tartan. Encore aujourd'hui, il part courir trois fois par semaine en forêt et se flatte d'avoir conservé ses tablettes de chocolat.

Tessa, c'est la nature, le grand air, la montagne. Quand il a rencontré Anne, à Rennes, Benoît est tombé amoureux de sa région. À leurs débuts, en hiver, ils venaient tous les quinze jours chez les parents d'Anne, s'enfilant les heures de route de nuit le vendredi pour être à 9 heures sur les pistes le samedi. Benoît déteste Rennes autant qu'Anne méprise la vallée de son enfance. Ils sont complémentaires. Ça les a beaucoup fait rire, au début.

Tessa, c'est la force, la compète, la gagne. Benoît s'est toujours investi dans les instances du club, il était là tous les week-ends, en bas de la piste, pour assister aux compétitions, jusqu'à ce que Tessa préfère sauter dans les bras de ses potes plutôt que dans ceux de son père après une victoire. Mais, chaque saison, ils se gardent toujours quelques descentes, rien que tous les deux.

Un jour, il n'est plus arrivé à la suivre. C'était il y a trois ans, en haut de leur noire préférée, un brouillard à couper au couteau, du grésil. Elle a filé comme une flèche à la sortie du télésiège. D'habitude, Benoît la rattrapait sur le faux plat, entraîné par son poids, mais là, juste avant la cassure, alors qu'elle était à sa portée, elle a décollé, posé un op traken parfait, disparu dans la brume. Il n'entendait plus que le frottement assourdi de ses skis sur la neige dure. Benoît s'est arrêté. Il a repris son souffle, essuyé sa goutte au nez, laissé le grésil s'accumuler sur son masque. En bas, elle a crié « Papa, t'es là ? » il a répondu : « J'arrive, attends-moi. »

Tessa attendra qu'il soit prêt. Quoi qu'ils en disent, elle a une dose de sédatifs tellement forte qu'elle ne se rend compte de rien.

Et il sera là à son réveil. Lui, et personne d'autre.

JOUR 7

[MURIEL]

Tessa est son premier trauma crânien.

Muriel a vu des contractures, des élongations, des claquages, des déchirures. Elle a vu des muscles – quadriceps, ischio-jambiers, adducteurs – se tordre, s'étirer, se contracter. Elle a vu des genoux luxés, des ligaments arrachés, des épaules démises, des chevilles et des poignets tordus par les entorses. Elle a vu des fractures – ouvertes ou fermées – du fémur, du bassin, du tibia et de la fibula. Sans parler du quotidien : courbatures des cuisses, bleus imprimés aux hanches par les piquets, circulation coupée par le serrage des chaussures.

Le risque de blessure lors d'une saison ? 70 %. Elle connaît les stats. Elle a eu de la chance avec ses genoux, à peine quelques soucis de ligaments, la routine. Certaines de ses copines ont subi des dizaines d'opérations avant de finir avec une prothèse. Elles sont monitrices au club pioupiou maintenant.

Elle a eu de la chance, ou les bons gènes, ou les deux. Et puis la niaque aussi. Pour devenir entraîneur à ce niveau, il faut le mental. Déjà, les mecs te barrent la route, tu dois louvoyer en hors-piste, ou carrément sauter pardessus pour les éliminer. Et après, il faut te faire respecter des gamins qui se croient les maîtres de l'univers parce qu'ils ont fait des super chronos un week-end. Ou jouer les mamans pour ceux qui ont bousillé leur descente parce qu'ils ont mal lu la pente.

Avec Tessa, c'était pas pareil. Quand Muriel l'a vue débarquer en seconde, elle a tout de suite compris. Grande, un peu trop, mais de la charpente. Cuisses et épaules. Force et explosivité. Capable de subir 2 ou 3G dans une compression au milieu d'une courbe, d'accélérer de 20 km/h en une seconde, de bondir à 3 mètres de haut sur 6 mètres de long en descente.

Et le mental. Venue de sa Bretagne à dix ans, elle avait pas l'accent, pas les codes, connaissait personne. Beaucoup l'ont testée au début mais sur la neige, elle a mis tout le monde d'accord. Muriel n'a jamais vu ça. Le doute, la peur, Tessa connaît pas. Elle fonce, elle saute, elle rentre dedans, et tout passe crème, avec le sourire. C'est peut-être ça, qui fait la différence. Et puis bonne camarade, capable de jouer collectif, de remonter le moral des copines, tout le temps en train de déconner. C'est elle qui a donné à

Muriel ce surnom, *Tomate*, qui fait rire tout le monde, même Muriel, parce que ça vient de Tessa.

Muriel dépose une photo sur la table de chevet : Tessa sourit à pleines dents, ses cheveux blonds brillent au soleil, elle vient de gagner une course.

– Tessa, pourquoi tu m'as fait ça ? T'as pas le droit, pas toi. Si tu tombes, tu te relèves, tu rechausses et tu fonces. Tu remontes et tu recommences. T'as jamais lâché, tu vas pas commencer. Alors tu vas te réveiller vite fait et remonter sur les skis direct, c'est compris ? Tu peux pas me faire ça maintenant. Pas après cette année foutue à cause du Covid. Là, ça repartait nickel, tu étais dedans. Et tu foires ta saison. Je sais pas ce que tu es allée faire là-haut, franchement. Qu'est-ce qui t'est passé par la tête ? J'ai pas voulu m'en mêler, de vos histoires avec Edgar. Ce qui se passe entre les entraînements, je veux pas le savoir, du moment que vous êtes à l'heure et en forme. Je vous ai fait confiance, et voilà le résultat.

Muriel aurait dû enlever sa polaire, elle a trop chaud, c'est l'horreur, ces hostos. Tessa n'a pas bougé d'un cil. Le bib-bip de la machine ricane, imperturbable. Il s'insinue dans le cerveau de Muriel, en extirpe les souvenirs de ses seize ans, cette saison fichue parce qu'elle était amoureuse d'un mec. Il lui faisait croire qu'elle était tout pour lui et qu'il était tout pour elle. Cette saison où elle arrivait en retard à tous les entraînements, où elle avait la tête ailleurs, où la douceur de cette peau lui faisait oublier de durcir ses muscles. L'histoire d'amour s'était terminée pendant l'été, et elle n'avait pas été qualifiée en équipe de France. Elle avait le niveau pour devenir entraîneur. Pas plus.

Muriel s'appuie sur la barre du lit.

– Il faut que tu te réveilles, Tessa. Je te laisse pas le choix.

[EDGAR]

Tessa aurait dû se réveiller. La compète de samedi, elle aurait jamais loupé ça, trop d'enjeu.

Ça sert à rien d'être là. Edgar lui a murmuré « Je t'aime » à l'oreille, a pris sa main, longuement, ça n'a pas marché. Aucune réaction. Tessa va rester comme ça, un légume. Edgar voudrait cogner. Le manque de Tessa se creuse, manque de sa peau, manque de son rire, manque de sa voix.

De leurs disputes.

Après chaque course, ils se racontent leurs *runs*. Deux styles, deux stratégies. Elle fonce dans le tas, il se faufile. La bourrine contre l'intello du ski cross.

Dans la *starting gate*, l'estomac se tord, les muscles se tendent, les mains se crispent sur les poignées.

La porte peut s'abaisser à tout moment. Bien sortir, penser à rien d'autre. Les spatules cognent contre le métal.

La porte s'ouvre, giclée d'adrénaline. Les bras propulsent dans la pente, les cuisses poussent. Tessa crie, Edgar serre les dents. Elle écarte les bras, il se ramasse en œuf, elle fait la place autour d'elle, il trouve sa voie. Le premier saut est décisif, une mauvaise réception et tu foires toute ta course. Coller au sol, les sauts sont une perte de temps, un risque de tomber. *Borderline*, Edgar maintient son équilibre ; Tessa laboure la neige. Il n'y a plus de potes, les autres sont des concurrents, des obstacles. Edgar s'isole en tête ; Tessa joue la bagarre à l'arrière, cherche l'aspi. Il faut fermer les portes, avaler les bosses, survoler les *whoops*. Quand d'autres tombent, ne pas voir, ne pas entendre, ils n'existent pas, il n'y a que le tracé bleu, qui signale les reliefs, et en bas, cette ligne rouge sur la neige. Edgar trouve la meilleure ligne ; Tessa reste dans la trace, déboîte au dernier moment. Ça frotte, ça claque, ça s'entrechoque à chaque inter. La limite entre le contact et la gêne volontaire est floue, laissée à l'appréciation des juges. Edgar attaque, Tessa est agressive.

Une minute. Le temps moyen d'un *run*. Tessa hurle sa victoire, Edgar l'enfouit au plus profond. Les deux cherchent le regard des spectateurs, du staff. L'adrénaline descend plus lentement qu'elle ne monte, inonde encore leurs muscles et leur cerveau.

Comme après l'amour.

Il faut qu'elle se réveille.

Elle a pas le droit de lui faire ça.

Tout est de sa faute, c'est elle qui a voulu remonter là-haut.

Ils n'auraient jamais dû y retourner.

[QUENTIN]

– Bonjour, excusez-moi, mais c'est l'heure des soins, je vais devoir vous demander de partir.

Le garçon sort sans le regarder, épaules rentrées, si frêle dans son baggy et son grand sweat. Quentin a l'habitude. Il est souvent transparent pour les proches, et s'attache à le rester, afin de ne maintenir le lien qu'avec les patients. Eux seuls comptent. La famille, les amis, les amoureux empêchent les patients de remonter à leur rythme. Les proches sont comme des baigneurs qui frapperaient la surface de l'eau pour envoyer un message dans les profondeurs du coma, alors qu'il faut accepter d'y plonger, en silence.

Quentin pose sa main sur celle de Tessa. Tout petit déjà, il touchait les articulations gonflées de sa grand-mère et les sentait redevenir souples sous ses doigts. C'est elle qui l'a guidé, présenté aux maîtres de son pays, le Viêtnam, sans pourtant lui transmettre la langue qu'il a dû apprendre seul, avec les cours de la mairie de Paris. Elle riait de son accent sans jamais le corriger. Au contact des maîtres, des ramifications secrètes ont poussé au bout des doigts de Quentin. Quentin voulait soigner, l'école d'infirmières est apparue comme un moindre mal, l'hôpital un passage obligé.

Au début, il a fait son travail, comme on le lui avait appris, observant les autres panser ou piquer machinalement les patients sans les toucher vraiment. Lui, commençait toujours par une pression douce sur le poignet, pour prendre le pouls sans en avoir l'air, percevoir la douleur où elle se repliait, parfois très loin de la zone malade ou blessée. Les ramifications sont devenues racines souterraines, fines radicelles invisibles se diffusant en réseau. Puis les patients ont parlé aux collègues et les collègues sont venus réclamer le don de Quentin pour leur dos ou leur tête pendant les heures de garde.

Et on a fini par lui proposer le service des soins intensifs. Quentin a accepté à une condition : que les proches des patients ne sachent rien de son don, qu'ils n'attendent rien de lui. Pas de résultat, pas de miracle. Quentin n'est qu'un passeur, qui se tient aux côtés des patients, dans cet entre-deux, entre la vie et la mort. Il ne peut rien faire d'autre que les rejoindre dans les profondeurs. Il n'a pas le pouvoir de les faire remonter.

Il chuchote :

– Tessa, c'est moi, c'est Quentin, tu te rappelles ? Tu es encore à l'hôpital, c'est le septième jour.

À la sortie du bloc, Quentin a accueilli Tessa dans le service. Toujours le même rituel : chuchoter à l'oreille, décrire la chambre, les machines, expliquer pourquoi elles sont là, mais aussi parler du temps qu'il fait, de ce qu'on voit par la fenêtre. Accompagner, littéralement, « partager le pain ». Ici, se nourrir l'un l'autre.

Quentin passe sa main sous la nuque de Tessa, enlève la bande, décolle délicatement le pansement. La cicatrice est belle. Les dégâts les plus importants sont invisibles. Quentin pose ses mains en coupe autour du crâne. Il attend. Il faut parfois du temps pour que le corps des patients accepte de le laisser entrer. Sous les cheveux épais, la peau n'oppose pas de résistance. La boîte crânienne, si. Des millions d'années d'évolution pour protéger le précieux cerveau des humains, elle ne va pas se laisser faire comme ça. Quentin attend. Les radicelles s'enfoncent plus profond, tandis qu'en surface, ses doigts sentent les mouvements imperceptibles des os qui frottent aux sutures : frontal, pariétaux, temporaux, occipital, sphénoïde. Son pouce s'attarde sur la suture coronale, au sommet du crâne, là où se trouvait la fontanelle.

Comme le fait le vagin de la mère, lors de la naissance, les doigts de Quentin modèlent le crâne des patients. Le coma est pareil à ce processus, ce temps qui s'étire au moment où le fœtus sort de l'utérus et s'engage, ce passage d'un monde à l'autre. Vivant mais pas encore né, un être en devenir. Sortir du coma est une nouvelle naissance. Mais Quentin n'a pas la puissance de la mère qui guide son enfant hors d'elle-même, tout juste le don de la sage-femme qui l'accompagne.

Sous ses doigts, Quentin sent la résistance s'accentuer, une ombre. Il est temps d'arrêter. Une dernière pression à la base de la nuque pour dire au revoir au cerveau et il replace un pansement plus petit.

Il reprend la main, masse longuement chaque doigt, puis le dos et enfin la paume. Tessa est restée immobile, pas un muscle n'a bougé et pourtant Quentin l'a sentie réagir, tout au fond. Elle va remonter, il le sait à présent, pas juste après la fin du coma artificiel, mais quand elle sera prête. C'est elle qui décide, comme l'enfant à naître.

Quentin ferme les yeux. La nuit est tombée, d'autres patients l'attendent. Il ne devrait pas s'attarder mais il aime ces moments de rêverie, cette parenthèse dans le temps des soins qui est toujours compté, fragmenté. Des moments volés à l'obligation d'être efficace, rationnel, rentable, dans cette grande machinerie de l'hôpital, où les rouages devraient être bien huilés, où, comme sur une chaîne de montage, chacun doit être à sa place pour accomplir, dans les temps, les tâches qui lui sont allouées. Quentin est le grain de sable dans le rouage. Ce n'est pas pour la machinerie qu'il travaille, et rien de ce qu'il fait auprès des patients ne pourrait être mesuré, ramené à des colonnes de chiffres ou des courbes sur un graphique.

Tessa est sa respiration, entre deux patients plus gravement blessés ou malades, pour lesquels il ne peut rien faire d'autre qu'être là, à leurs côtés, à les regarder et les toucher, et par la seule force de ce regard et de ce contact, leur dire : « Je te ramène parmi nous. »

Quentin ouvre les yeux.

– Au revoir, Tessa, à demain.

Il referme la porte sur cette ombre, perçue sous le crâne de la jeune fille.

JOUR 10

[GIL]

– Chut, taisez-vous, vous êtes dans un hôpital !

– C'est bon, on est là pour ça !

– Genre, faut qu'elle nous entende, c'est ça qui va lui faire du bien.

– Exactement, allez, ouvre la porte, Kilian, je lance la musique.

La voix rauque de Billie Eilish accompagne Gil, Hortense, Jo et Kilian. La bande de Tessa au grand complet, inséparables depuis la seconde. Même pendant le confinement, ils se retrouvaient tous les soirs en visio après des centaines de messages échangés sur leur groupe en journée. Dix jours sans se parler, ça ne leur est jamais arrivé.

Le dimanche soir, c'est Gil qui a alerté les autres. Tessa ne répondait plus aux messages ni au téléphone, Edgar était injoignable. Gil a contacté Benoît, pas de réponse.

L'attente. Gil dans la chambre qu'elle partage avec Tessa à l'internat, les autres chez leurs parents, Jo dans la cuisine en train de dévaliser le frigo, Hortense dans son grand lit tout neuf offert pour ses seize ans, Kilian enfermé dans la salle de bains. Seuls et ensemble, comme pendant le confinement. Sauf qu'il en manquait une, et que le temps s'écoulait encore plus lentement que lors de ce printemps-là.

Benoît a fini par rappeler Gil dans la soirée :

– Je suis à l'hôpital. Ils ont eu un accident, l'hélico les a ramenés. Tessa est blessée à... à la tête... C'est grave. Edgar va bien. Je te laisse, je dois rappeler ses parents. Je te rappelle.

Ça voulait dire qu'on les avait retrouvés. Ça voulait dire qu'ils étaient vivants. Qu'Edgar allait bien. Que Tessa n'allait pas bien.

C'est Muriel qui a rappelé Gil une heure et des kilomètres de messages plus tard :

– Elle a un trauma crânien. On en reparle demain au bahut. Tenez bon, elle va s'en sortir.

Le lundi, en arrivant au lycée, Gil a souri en voyant les yeux cernés des trois autres. « Hey les zombies ! » aurait dit Tessa. Personne n'avait eu de nouvelles d'Edgar, même pas son pote Léon.

Ils avaient cours de maths avec Nosca, le prof principal, à 8 heures. Muriel était là aussi. Ils ont dit à toute la classe ce que les quatre savaient déjà. À côté d'Hortense, la place de Tessa était vide, Kilian la fixait comme s'il voulait la faire apparaître d'un coup de baguette magique. Ils n'ont pas fait de maths, trop de questions. Ni Nosca ni Muriel n'avaient de réponses. Jo bouillait, prêt à exploser, il agressait Léon, qui prenait la défense d'Edgar. Muriel temporisait : oui, ils n'auraient pas dû retourner là-haut, mais qui aurait pu les en empêcher ? Ils n'avaient parlé à personne de cette rando, évidemment.

Le lundi s'était déroulé dans le coton, le mardi aussi. L'attente étouffait la colère, engourdissait l'inquiétude.

Quand Edgar est revenu au lycée, personne n'a osé lui parler, sauf Léon. Pendant les pauses, ils sont restés ensemble debout dans un coin de la cour, à marmonner dans leurs masques en fixant leurs baskets.

Gil les regardait, tiraillée. Tessa lui avait parlé d'une Saint-Valentin en amoureux, pas d'une rando, encore moins de cette rando-là. C'était la faute d'Edgar si Tessa était à l'hôpital. La colère montait, Gil voulait parler à Edgar, puis elle l'a vu assis sur un banc, voûté, le regard absent. Et elle s'est dégonflée.

Les entraînements s'enchaînaient mécaniquement. Gil faisait le job, un cran en dessous, Hortense était encore plus à la ramasse que d'habitude, Jo jouait au punching-ball avec les piquets, Kilian ouvrait grand la bouche dans la pente pour sentir l'air solide bloquer ses poumons. Muriel partait en live, et ils rigolaient en la voyant se transformer en Tomate, mais sans Tessa, c'était moins drôle.

Alors ils ont décidé de faire quelque chose. Gil a envoyé un message à Benoît et c'est la mère de Tessa qui l'a rappelée. Elle a trouvé que c'était une bonne idée qu'ils viennent tous les quatre, elle a demandé l'autorisation à l'hôpital pour eux.

Ils ont passé la journée suivante à construire la playlist, se sont battus, comme quand ils préparaient leurs soirées. C'était presque comme avant, sauf que Tessa n'était pas là pour arbitrer.

Hortense s'arrête, hésite, comme si elle voulait sortir, mais finit par suivre le flot. Jo occupe l'espace du haut de son mètre quatre-vingt-quinze, il en fait des caisses, danse les bras en l'air, monte le son, contourne le lit sans regarder Tessa et lance : « Allez les gars, bougez-vous ! » Kilian s'assoit au fond de la chambre, face à elle, ne la quitte pas des yeux. Peut-être qu'elle va se réveiller ?

Gil s'approche, elle s'était dit « Je la prendrai dans mes bras, direct », mais là elle ne peut pas, trop de machines, de tuyaux et de capteurs sur le corps de Tessa l'empêchent de se blottir contre elle, comme elles le font souvent, dans leur petit lit, la nuit, à l'internat.

Elles ne se sont pas décollées depuis la rentrée de seconde. La blonde et la brune, le soleil et la lune, Gil aussi inquiète que Tessa est joyeuse. Les parents de Gil étaient skieurs de haut niveau, sa mère avait même participé aux JO d'Albertville en 1992. Ils voulaient qu'elle suive la voie toute tracée, mettaient la pression sur ses épaules trop frêles, pour l'endurcir. Gil essayait de ne pas craquer, de se blinder, prononçait les mots convenus, d'une voix blanche après les défaites, « J'étais à 100 %, j'ai donné le meilleur, c'est la compétition, si c'était facile, ce serait pas drôle », tout ce que les coachs et les parents voulaient entendre, tout ce qui permettait de remonter sur les skis, le dimanche suivant, pour bouffer la neige et les autres, encore et encore, sans se poser de questions, parce qu'il fallait gagner, qu'il n'y avait que ça qui faisait briller les yeux de sa mère et hurler de joie son père, depuis qu'elle avait huit ans.

Tessa, elle, avait la compète dans le sang. Une mère absente et un père bienveillant, rien pour lui mettre la pression, la coller au sol, elle volait au-dessus de la neige.

Tessa n'a rien à faire là. Si Gil était à sa place, Tessa aurait déjà arraché tous les capteurs et se serait glissée sous les draps en riant. Gil sent les larmes monter, « Pleure pas », dirait Tessa, elle ne pleure jamais, elle se l'est juré, il n'y a que Gil qui sait pourquoi. Elle seule l'entend parler dans son sommeil, sait ce qui se cache sous ses paupières fermées quand elle danse ou rit trop fort.

Gil se retourne, il faut qu'elle sorte, ça ressemble à rien, leur expédition est en train de foirer. Jo se précipite sur l'interrupteur : « Stroboscope ! » Sous les flashs, le visage de Tessa reprend vie, ils éclatent de rire. Ça, ça lui aurait plu.

La porte s'ouvre d'un coup.

– Mais ça va pas, non ? C'est quoi ce bordel ?

Un infirmier. Gil sursaute. Comme en février l'année dernière, quand les flics ont débarqué pendant l'anniversaire de Tessa. Déchaînée, elle sautait en rythme, cheveux détachés, le bras levé, quand les potes qui avaient ouvert la porte sont venus dire d'éteindre la musique. Pose figée, les yeux écarquillés, elle avait éclaté de rire et continué à danser comme si la musique était encore là, partie dans son délire. Et ils avaient suivi. C'était le monde d'avant, d'avant le Covid, d'avant Edgar.

Jo coupe la musique, l'infirmier repart, ils se regroupent autour du lit, tentent de retrouver le rythme en se balançant d'un pied sur l'autre. Gil prend la main de Tessa et attrape celle de Kilian, qui prend celle d'Hortense, qui prend celle de Jo, qui hésite une seconde avant de refermer la chaîne. Ils la regardent.

Ils sont ensemble, même l'amour d'Edgar n'a pas pu les séparer.

« Les cinq doigts de la main », disait Tessa.

[SABINE]

– Bonjour Tessa, je suis Sabine, la psychologue, on s'est déjà vues la semaine dernière. J'espère que la visite de tes amis t'a fait du bien.

Sabine espère ne pas s'être trompée en autorisant la venue des ados dans la chambre. Après dix ans en soins intensifs, elle devrait être sûre d'elle. Pourtant, chaque nouveau patient l'oblige à réinventer son métier, et d'autant plus depuis un an. Le service a subi la première vague de Covid, ses morts par dizaines, le chaos, le sentiment d'impuissance. Mais la pulsion de vie, l'organisation chamboulée, les solutions trouvées, l'énergie, le collectif, les ont aidés à tenir. Ils en étaient sortis pleins d'espoir. Les mesures insuffisantes du gouvernement, la deuxième vague, cette troisième, en cours, qui ne dit pas son nom sont venues les anéantir.

Et depuis dix jours, il y a cette patiente, qui ressemble trop à sa fille, cette distance qu'elle n'arrive plus à mettre entre elles, les mots qui lui manquent. Hier, elle a failli ne pas ouvrir la porte, elle est passée devant, sans tourner la tête, a posé la main sur la poignée de la chambre suivante, puis elle est revenue en arrière en courant.

Sabine s'est pourtant formée, spécifiquement, pour travailler dans ce service, et dans celui des soins palliatifs. Elle a appris à accompagner la vie, jusqu'à la mort. À surmonter sa peur, parfois même son dégoût. Elle a appris à tisser autour de ces patients, parfois réduits à l'état de corps reliés à des machines, des mots qui leur rendent leur enveloppe d'humains.

Devant Tessa, la psy s'efface. Elle devient mère louve, animale. Quand elle rentre chez elle, après sa journée à l'hôpital, elle se jette sur sa fille, son fils, leur fait des gâteaux, met de la musique pour danser, parle fort, longtemps, sans s'arrêter, s'abreuve de leur journée, de leurs petits tracas, et même de leurs bouderies. Quand ils sont chez leur père, elle met ses baskets sitôt rentrée, sort courir pendant une heure, quel que soit le temps, et encore mieux quand le temps est affreux, que la pluie s'insinue dans le moindre interstice, que l'air froid lui coupe le souffle. Elle fait une pause à la fontaine et boit l'eau à même le tuyau, pour sentir le métal cogner contre ses dents, l'eau glaciale brûler sa gorge.

Il faut qu'elle travaille sur ses sentiments pour Tessa, elle ne peut pas l'aider comme ça, ce qu'elle vit porte un nom, le contre-transfert, le transfert de la thérapeute vers sa patiente. Elle savait que ça arriverait, ses superviseurs l'avaient prévenue. Alors elle lutte, elle reconstruit autour de Tessa son univers, parents, grands-parents, amis, amoureux, musique, objets, odeurs, pour qu'elle devienne pleinement une autre, une étrangère, celle qui demeure au-dehors.

Il faut qu'elle reste à ses côtés. Dans le coma, Tessa a besoin d'elle ; au réveil, ce besoin sera décuplé. La veille, Sabine a cherché un moyen. Elle a trouvé. Prêter sa voix à quelqu'un d'autre, une poétesse, Hélène Cadou.

Elle chuchote :

– Tessa, je t'ai apporté un poème aujourd'hui.

Quand le matin
Décide d'être beau
Le cœur comme un navire
Prend le large

Il y aurait beaucoup à dire
Sur la lumière
Et sur l'étrave
Qui rend glorieux
Ce bois
Dont les vivants sont faits

JOUR 15

[9 H 35 : DOCTEURE MEYER]

C'est pour aujourd'hui. Quinze jours se sont écoulés depuis l'accident, les constantes sont stables, ils vont lever la sédation profonde. « Meyer a bien travaillé. » Meyer, tout le monde l'appelle comme ça, à l'hôpital, personne ne connaît son prénom. « Meyer, la dame de fer », l'interne qui s'y était risqué un jour a vite arrêté.

Cette gamine, c'est « Tessa la vista », a dit son père. Elle, c'était plutôt « Meyer la première ». Un an d'avance, mention très bien, major de promo au concours de médecine. Chirurgie bien sûr, et puis neuro, évidemment, pas question de raccorder des tuyaux comme les cardios.

Seul le cerveau est à sa mesure. L'organe le plus complexe, le plus noble, celui qui définit les humains et qui pourtant leur échappe. Meyer passe ses soirées à lire les comptes rendus des dernières recherches, ses vacances en colloques. Et quand elle pense enfin tout savoir, le cerveau la surprend, la challenge, l'oblige à faire mieux, encore et encore.

Cette fille, c'est une championne. Elle va se battre pour revenir, comme Meyer s'est battue pour prendre la tête du service. Pour ça, être la meilleure ne suffisait pas, il fallait trouver les alliés, éliminer les ennemis. Ce serait plus dur pour Tessa, l'ennemi était lové dans son cerveau.

Mais Meyer a bien travaillé, comme toujours. Elle ne doute jamais, pas programmée pour.

Elle n'a pas le droit de douter.

– Tessa, je suis la docteure Meyer.

Je suis neurochirurgienne.

Tu es à l'hôpital, dans le service de réanimation de neurochirurgie.

Aujourd'hui, nous allons commencer à lever la sédation profonde. Je vais te raconter ce qui s'est passé depuis ton arrivée, il y a quinze jours.

Quand on te descend de l'hélicoptère, tes yeux sont fermés, tu ne bouges pas, tu ne réponds pas mais tu respires. Un tube dans ta gorge et un ballon d'oxygène sont là pour t'aider.

Tu es dans le coma.

Ton corps est protégé par un matelas coquille, ton cou serré dans un collier cervical.

Ton bras est relié à une poche en plastique contenant un sédatif puissant contre la douleur. Tu n'as pas mal.

Huit mains poussent ton brancard, huit pieds courent vers les urgences, on entend : « Barre rocheuse, saut, coulée, hélico, 30 minutes, casque endommagé, rocher, inconsciente, pupilles réactives, hyperventile, pas d'autres traumas apparents. »

On t'emmène au scanner.

On te glisse dans l'anneau, les pieds devant, la machine tourne autour de toi.

Des rayons X bombardent tes os et tes organes.

Quatre paires d'yeux scrutent l'écran. Ils cherchent les hémorragies et les fractures.

Tu n'as pas de fracture.

Ton crâne vu en coupe depuis le dessus ressemble à une noix dans sa coquille.

Une zone claire dans ton cerveau apparaît à l'image.

C'est un hématome. Du sang s'épanche dans ton cerveau et le comprime.

On m'appelle, on prépare le bloc.

Tu es déshabillée, ton crâne est rasé à l'endroit où je vais inciser ta peau.

Je perce un petit trou dans ta boîte crânienne pour que le sang s'écoule et rende l'espace à ton cerveau. Je fais ça souvent, j'ai l'habitude, c'est très simple.

Tu es transférée dans ce service de réanimation.

Tu es reliée à une perfusion, à un respirateur, à des capteurs qui mesurent ta tension artérielle, ton rythme cardiaque, tes mouvements respiratoires, le taux d'oxygène et de dioxyde de carbone dans ton sang, ta température. Une sonde mesure la pression à l'intérieur de ton crâne. Une autre est installée pour que tu puisses uriner.

Pour que ton corps supporte tout ça, pour que ton cerveau se repose, des sédatifs sont injectés en perfusion dans tes veines.

Tu es sous sédation profonde, un coma artificiel, si tu préfères.

Ce n'est pas un sommeil.

Ton corps est là, mais tu es absente. Tu ne peux pas respirer seule, manger, éliminer. Des machines, des aiguilles, des sondes le font pour toi.

Les machines, les aiguilles, les sondes maintiennent tes fonctions vitales mais elles t'agressent. Le respirateur assèche ta gorge, les aiguilles percent ta peau, les sondes abîment tes tissus.

Autour de toi, des femmes et des hommes sont là pour te préserver des machines, des aiguilles, des sondes et de tous les autres appareils qui t'oppressent.

Tous les jours, ils font en sorte que tu restes une personne.

Que tu ne sois pas qu'un corps.

Un corps dépendant.

Un objet.

Une chose.

Tous les jours, des mains te lavent, te frictionnent, font bouger tes articulations, libèrent tes voies respiratoires.

Des yeux scrutent les écrans à la recherche du moindre écart par rapport à la normale, des oreilles réagissent à la moindre alarme.

Aujourd'hui, ça fait quinze jours. Ton évolution est bonne. Tu respires seule. On a enlevé le tube dans ta gorge.

On va progressivement diminuer la sédation.

Je te laisse, je reviendrai te voir plus tard.

On croit en toi, ma grande.

[11 H 30 : SABINE]

Sabine regarde la photo sur la table de chevet. Même débarrassé du respirateur, le visage de Tessa est méconnaissable, le teint pâle, les joues creusées, les paupières fermées. Tessa ne sera plus la même au réveil. Cet écart avec le moi d'avant, Sabine l'observe chaque fois, avec ses patients sortis du coma. Elle tente de se souvenir de tout ce que les proches de Tessa lui ont dit, tout ce qu'elle a glané pendant ces quinze jours pour construire autour d'elle une chambre accueillante, un cocon tissé de gestes, de musique et de mots, où la jeune fille se sentirait chez elle au réveil.

Sabine hésite avant de la toucher. Sans respirateur, sa bouche pourrait dire non, Tessa va retrouver son libre arbitre en même temps que la parole. Mais il reste encore toute cette phase d'éveil, pendant laquelle Sabine va l'aider à se « re-trouver ». Et elle a tellement hâte de la rencontrer.

Elle finit par poser le dos de sa main sur sa joue, comme elle le fait le soir, sur celle de ses enfants, juste avant le coucher.

– Tessa, tu vas te réveiller. Cela va prendre un peu de temps, tu seras très faible au début, tu seras peut-être désorientée mais je serai là, nous serons tous là pour te soulager, t'écouter. Quoi qu'il arrive, dis-toi que tu as gagné cette course aussi. Tu es une championne, une vraie.

[14 H 46 : QUENTIN]

Quentin pose ses mains sur le crâne. L'ombre est toujours présente, mais elle s'est effilochée. L'action des sédatifs s'estompe, Quentin peut descendre plus profond encore.

Et il sent. Juste avant que Tessa ouvre les yeux, une fraction de seconde avant, il sent le message se transmettre aux nerfs qui actionnent les muscles des paupières. Il pourrait se passer de voir, fermer les yeux pour se concentrer sur le flux, sous ses doigts. Mais il ouvre les yeux, et aperçoit la flamme verte de l'iris.

Il se précipite sur le téléphone.

JOUR 16

[BENOÎT]

« Tessa se réveille. »

Benoît n'a rien entendu d'autre. Cinq minutes de blabla inutile ont suivi. Cette phrase est la seule qui compte.

Benoît n'a pas entendu que Tessa est encore dans le coma.

Que le réveil peut durer plusieurs jours.

Qu'elle n'a rien fait d'autre que cligner des yeux, qu'elle n'a pas bougé, pas parlé.

Qu'elle ne répond à aucun ordre simple comme « Serre la main », « Ouvre la bouche ».

Qu'elle peut régresser.

Il regarde Anne.

Ils entrent dans la chambre.

Un corps est caché sous un drap.

Il est branché à des machines, des perfusions.

Anne parle à ce corps, prend sa main, l'embrasse.

Benoît n'entend pas ce qu'elle lui dit.

Il ne voit que ce corps inerte sous un drap.

Il approche.

Anne se tourne vers lui avec une drôle d'expression, elle articule des mots mais aucun son ne sort de sa bouche, son visage se crispe, elle semble en colère, pourquoi ? Pourquoi elle a cet air énervé ? Pourquoi elle le prend par le bras, le secoue, qu'est-ce qu'elle veut ? Qu'elle parle plus fort ! Pourquoi elle s'éloigne tout à coup ? Pourquoi elle devient immense, géante, avec ce masque déformé sur le visage ? Anne est si bizarre, elle devient floue. Benoît ferme les yeux, juste une minute, Anne va revenir à la normale, il fait chaud dans cette chambre et il y a ce corps inerte, relié à ces machines qui crient, il y a une odeur aussi, fade, douceâtre, qui donne envie de vomir.

Il fait noir.

– Benoît ! Benoît !

Anne hurle. Qu'est-ce qu'il fait allongé par terre ? Qui sont ces gens ?

– Monsieur, vous m'entendez ? Monsieur, regardez-moi, vous m'entendez ? Ah, vous revoilà, ça va ? Monsieur !

Pourquoi il crie, cet infirmier ?

– Oui, je vous entends, pas la peine de crier, qu'est-ce que vous faites ?

– Monsieur, vous vous êtes évanoui, ça va ? Vous savez où vous êtes ?

– Évidemment, je suis à l'hôpital, je suis venu voir ma fille, qui s'est réveillée, d'ailleurs, qu'est-ce que je fais là, je veux voir ma fille, je veux être là quand elle ouvrira les yeux, lâchez-moi !

Benoît se relève d'un coup, bouscule l'infirmier, prend Anne par le bras.

– Benoît, calme-toi, tu viens de faire un malaise, assieds-toi.

– Arrêtez tous, je veux la voir, elle est réveillée, il faut qu'elle me voie ! Tessa, ma puce, c'est papa, tu m'entends ? Tessa, je suis là.

– Benoît, on ne se réveille pas comme ça du coma.

– Avec moi, si, tu vas voir ! Tessa, ma puce, ouvre les yeux si tu m'entends. Tessa. Tessa !

Pourquoi Anne le regarde comme ça ? Et l'autre, le petit infirmier là, avec son air désolé ?

– Monsieur, le réveil est très progressif, elle est encore inconsciente 99 % du temps. Elle n'a que de petits moments d'éveil, et on ne sait pas ce qu'elle perçoit de ce qui l'entoure.

– Elle me perçoit, moi, c'est sûr, vous savez rien, vous, c'est moi son père, vous ne pouvez pas comprendre. Laissez-moi seul avec elle, vous allez voir.

– Je vais vous laisser tous les trois. Je préfère que madame garde un œil sur vous. Écoutez-moi : Tessa a besoin de vous. Parlez-lui, touchez-la, mais ne criez pas, ne la secouez pas, on ne sait pas encore ce qui se passe dans son cerveau. Elle a besoin de calme, de douceur, de se sentir accueillie. Je compte sur vous ?

Benoît se retient de répondre. L'infirmier sort, Anne jauge Benoît.

– Fais-moi confiance, Anne, ça va mieux, c'est passé, je te jure, tu veux bien me laisser un peu seul avec elle ? Attends juste une minute que l'infirmier s'éloigne, je te promets, j'ai juste besoin de cinq minutes avec Tessa.

Anne embrasse Tessa et serre le bras de Benoît avant de partir.

Il sent encore l'empreinte de ses doigts. Comme ce jour-là, lors de l'accouchement, quand elle l'avait serré si fort que ses ongles avaient marqué sa peau.

Benoît s'approche, ses lèvres effleurent l'oreille de Tessa :

– Mon bébé, c'est papa, je sais que tu m'entends, je le sais comme ce premier jour, quand on t'a posée sur mon torse nu, toute chaude, encore un peu humide, tu bougeais à peine, tu faisais juste de petits bruits d'animal avec ton nez, je ne voyais pas ton visage enfoui contre moi, je ne voyais que ton petit crâne fragile, chauve, je sentais juste ton souffle contre ma peau, ton dos sous mes doigts, je n'arrivais pas à parler, je sentais monter une vague dans mon ventre, dans ma poitrine, elle voulait déborder dans ma gorge, je n'ai pas pu retenir mes larmes, l'une est tombée sur ton crâne, je n'ai pas osé l'essuyer, j'avais peur de te toucher, de bouger, de te faire tomber, je ne savais pas comment te tenir, je ne savais pas si tu arrivais à respirer comme ça, la tête contre mon buste, je voulais voir ton visage, alors je t'ai parlé, tout doucement, puis plus fort : « Tessa, c'est moi, c'est papa », et tu as tourné la tête, et je sais qu'on dit que les bébés ne voient presque rien, mais je te jure, tu m'as regardé, tu as ouvert les yeux, pas longtemps, juste un peu, et tu m'as regardé avec tes billes toutes rondes et un air un peu étonné. Et j'ai eu l'impression que ça durait des heures, tes yeux plantés dans les miens. Et juste après tu t'es mise à ramper vers mon sein et j'ai failli éclater de rire, mais j'avais peur de trop bouger et de te faire tomber, alors j'ai gardé le rire dans ma gorge, et j'ai respiré un grand coup, et je me suis penché sur ton crâne, tu sentais bon, j'avais envie de goûter ta peau du bout de ma langue. Et puis la puéricultrice est revenue, la césarienne de maman était recousue, on pouvait aller en salle de réveil, je t'ai laissée dans les bras de la puéricultrice, j'ai remis mon tee-shirt, je t'ai reprise et on est partis tous les deux voir maman. Mon bébé, je sais que tu m'entends, fais-moi juste un signe, comme ce jour-là, tu te rappelles, j'en suis sûr, vas-y, je sais que tu peux le faire.

Tessa ouvre les yeux. Les referme.

Et cette seconde-là est la plus longue de la vie de Benoît.

JOUR 17

[TESSA]

8 H 47

C'est quoi ce bruit ?

9 H 35

J'ai mal à la gorge.

10 H 42

Papa, éteins la lumière, j'ai encore sommeil.

13 H 30

J'ai un truc sur la tête.

17 H 45

Il fait beau.

Le soleil sur la neige.

Des cristaux.

Ça fond.

J'ai soif.

20 H 15

Doux.

Blanc.

Coton.

21 H 30

Maman, quand est-ce que tu reviens ?

JOUR 18

[TESSA]

9 H 52

Qui sont ces gens ?

Mais où je suis ?

Oui, je vous entends. Je serre fort, là, vous sentez pas ?

12 H 00

Je t'attends, papa.

Un renard tout blanc, sur la piste.

Il fait de drôles de bruits.

Il a les yeux rouges.

Papa, qu'est-ce que tu fais ?

12 H 42

Pourquoi ils ne m'entendent pas ?

C'est quoi ce truc qui pique dans mon bras ?

14 H 20

Maman.

Où on est ?

Mais si, je serre ta main, tu ne sens pas ?

14 H 25

Tu parles trop.

Qui tu es ? Je ne reconnais pas ta voix.

Trop sommeil.

17 H 30

Skiers ready ?

Attention !

Go !

Whoops.

Jump.

Virage droite.

Ilona tombe.

Gil s'accroche.

Désolée copine,

c'est moi la boss.

Bosse.

Jump.

Virage gauche.

YEAH !

18 H 30

Oui je vous entends.

Je bouge le doigt gauche pour dire oui, le droit pour dire non.

Non je sais pas où je suis.

À l'hôpital ?

Ah c'est pour ça.

Qu'est-ce qui s'est passé ?

Répondez, pourquoi vous répondez pas ?

JOUR 19

[TESSA]

6 H 40

Maman, réveille-toi.
Il fait beau dehors.
Tu avais promis.
On irait se promener.
Juste un tour.
Bon, d'accord, je te laisse.
Il faut que tu te reposes.

9 H 25

C'est quoi cette musique encore ?
Laissez-moi dormir !

14 H 20

Oui, papa, je t'entends.
Pourquoi tu pleures, papa ?

On est où ?

Qu'est-ce qui se passe ?

Je bouge le doigt, regarde.

– Papa.

15 H 47

J'ai si mal à la gorge.

16 H 25

– Tessa, je vais masser tes jambes à présent, je réchauffe la crème dans mes mains, je passe mes mains sur ton mollet, j'hydrate ta peau, et je commence le massage. Ça te fait du bien ?

– Oui.

Tes mains sont chaudes. Encore.

17 H 30

– Tessa, c'est Sabine, la psychologue, tu te souviens de moi ? Tessa, tu es à l'hôpital, tu as eu un accident en montagne, tu étais dans le coma depuis une vingtaine de jours. Des machines sont là pour surveiller que tu ailles bien, tu es nourrie par une perfusion dans ton bras. Je suis avec la docteure Meyer, qui t'a opérée. Aujourd'hui, tu as parlé à ton père. À un infirmier aussi, Quentin. Tu te réveilles doucement, nous sommes là pour t'accueillir.

– Tessa, tu es en bonne voie, ma grande !

Mais vous êtes qui ?
Laissez-moi dormir.

23 H 45

Tu veux bien jouer avec moi ?
Tu sais faire le poirier ?
Montre !
Trop forte, attends, j'essaie.
Aïe, ça saigne !
C'est rien.
On recommence, viens.
C'est rien je te dis, j'ai pas mal.
Regarde.
Réussi cette fois !

JOUR 20

[TESSA]

9 H 35

– Tessa, tu m'entends ?

Oui, mais laisse-moi dormir !

– Tessa ?

– Oui.

– Je suis la docteure Meyer, c'est moi qui t'ai opérée. Tu étais dans le coma. Tu es en train de te réveiller, tu comprends ?

Je crois que quelqu'un m'a déjà dit ça.

– Oui.

– Aujourd'hui, nous allons t'emmener au scanner, pour voir si tout va bien dans ton cerveau, d'accord ?

– J'ai le choix ?

– C'est formidable, Tessa, tu es de retour, et avec de l'humour en plus, bravo ! Allez, c'était sûrement un gros effort, repose-toi, on revient te chercher.

Dormir.

Laissez-moi dormir.

10 H 15

– Je vais te montrer : fléchis tes genoux, tu es trop raide, sois souple sur les jambes, voilà, pose les mains sur tes cuisses, vas-y, laisse-toi glisser dans la pente, voilà, tranquille, bien en avant, vas-y, attention, freine, freine, wahou, bravo Tessa ! Trop forte, ma championne.

11 H 40

Papa, regarde, maman dort encore. Mais pourquoi tu dors, maman, réveille-toi, c'est pas le moment de dormir, regarde, le soleil n'est pas couché, regarde comme il fait briller la neige, regarde comme on voit bien les montagnes, elles se détachent sur le ciel tout bleu, on dirait qu'elles ont été découpées aux ciseaux, regarde les grandes dents, là-bas, et puis le dôme tout au fond, on dirait un gros gâteau à la crème, regarde, maman, ne ferme pas les yeux, regarde, là-bas, le ruisseau qui court sous la neige, il joue à cache-cache entre les rochers, et là, maman, regarde, sur les sapins, ce gros paquet de neige, regarde, non, ne ferme pas les yeux, regarde, le gros paquet va tomber, floutch ! Maman, maman, réveille-toi !

12 H 30

Qu'est-ce que je fais là ?

Marre d'être couchée.

Je veux me lever.

Sortir.

Laissez-moi sortir.

J'étouffe ici.

14 H 20

– Madame, Tessa fait d'énormes progrès, elle réagit de plus en plus, et c'est en grande partie grâce à vous tous. Vous pouvez continuer comme ça, plus elle sera stimulée, plus vite elle se rétablira.

Maman. C'est quoi ce masque ?

C'est qui déjà l'autre ?

– Je remets la musique alors ?

– Allez-y, oui, je vous laisse. Au revoir, Tessa, je reviendrai te voir demain.

Oui, je sais pas qui tu es mais j'aime bien quand tu es là.

– Tessa, je remets ta musique préférée, d'accord ?

– Non.

– Tu ne veux pas de musique ?

– Si.

– Mais pas celle-là, c'est ça ? Marre de l'entendre ?

Ha, ça y est, elle a compris.

– Oui.

– Oh Tessa, je suis tellement contente de voir que tu vas mieux !

Maman, tu es là depuis combien de temps ?

Et papa ?

Maman, pourquoi tu parles comme ça ? Tu fais comme si c'était pas grave. Qu'est-ce qu'elle a dit, la femme qui vient de partir ? Je suis à l'hôpital, ça doit être grave. Je suis là depuis combien de temps ? Qu'est-ce qui s'est passé, maman, maman, dis-moi !

Tout se mélange… Il faut que je dorme.

– Fatiguée…

– C'est normal, il faut que tu te reposes, mais tu vas vite retrouver des forces. Ne parle pas, dors. Tout à l'heure, tu auras une autre visite, il faut que tu sois en forme.

Oui, laisse-moi dormir.

14 H 45

– Tessa, tu m'entends ?

Oui je t'entends.

– Tessa, si tu m'entends, serre ma main.

Je t'entends mais j'ai pas envie de serrer ta main.

– Tessa, c'est Edgar, tu m'entends ?

Edgar ? Qu'est-ce qu'il fait là ?

Je vais faire semblant de dormir, il va partir.

Pars !

Il est parti.

Je peux dormir.

17 H 50

– Allez, Tessa, encore un, on va plus se voir l'année prochaine. Fini le collège, enfin ! Allez, un dernier verre !

– T'as raison, allez ! On saute dans la piscine habillés ? Yeah ! Putain je suis trempée maintenant, ça caille, aidez-moi à me changer au lieu de rigoler.

– Désolé, Tessa, le gant m'a échappé, ce devait être froid, pardon, je te sèche, là, ça va mieux ?

Qu'est-ce qu'il fait là, lui ? Je l'ai pas invité. Allez, dégage, laisse-moi avec mes potes. On y retourne, les gars ?

22 H 50

Il faut que je me concentre.

Il faut que je me souvienne.

Je sais que je suis à l'hôpital.

Je ne sais pas pourquoi.

Je sais que maman est venue aujourd'hui.

Enfin je crois.

Mais c'est quoi ce bruit ?

Arrêtez ça !

– Tessa, ça va ? L'alarme a sonné, tu as bougé, je remets le capteur. Arrête de bouger. Tu ne veux pas ? On va bientôt t'enlever ça, promis, tu vas de mieux en mieux. Je suis Quentin, tu te rappelles de moi ? Je viens souvent.

Non je me rappelle pas.

JOUR 25

[TESSA]

9 H 30

– Bonjour, Tessa, je suis la docteure Meyer, la neurochirurgienne, tu te rappelles ?

Non. Mais ton nom est écrit sur ta blouse, mdr.

– Bonjour.

– Tu sais où tu es ?

Elle me prend vraiment pour une débile.

– À l'hôpital.

– Très bien, tu es là depuis vingt-cinq jours, tu étais dans le coma et tu te réveilles doucement depuis une semaine. Le réveil prend du temps, c'est tout à fait normal. Tu as fait beaucoup de progrès. Je suis là pour faire des tests aujourd'hui, d'accord ? Je vais te poser des questions, tu peux juste répondre par oui ou par non si tu es trop fatiguée. On y va ? Alors, est-ce que tu sais pourquoi tu es là ?

– J'ai dû avoir un accident.

– Oui, tu as eu un accident, tu t'en souviens ?

– C'était un accident de ski ?

– Oui, tu as eu un accident en montagne, tu te rappelles quelque chose ?

– Non.

– C'est très fréquent de ne pas se souvenir, ne t'inquiète pas. Tu as eu un traumatisme crânien. On t'a opérée, tu es restée dans le coma pendant plus de deux semaines. Ton cerveau se réveille tout doucement.

Pas s'inquiéter ? C'est pas elle qui est scotchée dans ce lit avec des capteurs partout. C'est pas elle qui a tout le temps envie de dormir, la tête lourde comme une pierre, l'impression d'avoir de la colle dans le cerveau. Je veux me lever, je veux sortir d'ici, retourner au lycée, reprendre l'entraînement, les courses. Tout le reste, je m'en fous. Elle peut pas comprendre, ça sert à rien. Fous-moi la paix !

– Tu es fatiguée, Tessa ?

Dormir.

– C'est normal, tu as encore besoin de dormir beaucoup. Dors, les aides-soignantes vont passer pour la toilette, on se retrouve en fin de matinée.

Traumatisme crânien.

Coma.

C'est fini maintenant.

Je devrais sortir.

Pas dormir.

Je veux pas dormir.

10 H 00

– Bonjour, Tessa, c'est moi qui vais faire ta toilette aujourd'hui. Comment tu te sens ?

T'es qui toi ? Tu vas faire ma toilette, mais ça va pas non ? Je peux me laver toute seule quand même, regarde ! Pourquoi mes bras sont aussi lourds, pourquoi je tiens même pas assise ?

– Ne bouge pas, Tessa, tu es encore très faible, tu as sûrement envie de t'asseoir, de te lever, ça va venir, sois patiente. Laisse-moi faire, je vais bien te laver, d'autant que cet après-midi tu vas avoir de la visite. Ferme les yeux, laisse-toi aller, je mets de l'eau bien chaude sur le gant, là, regarde, ça fait du bien ? Ta maman a apporté ton savon, j'aime bien cette odeur moi aussi, c'est frais... Voilà, tu es toute propre maintenant. Je vais te couper les ongles, ils sont un peu longs, j'imagine que tu les gardais courts, les ongles longs, c'est pas pratique pour le sport. Je vais te coiffer, tu as des cheveux magnifiques, j'aurais dû être coiffeuse, moi, j'ai raté ma vocation ! J'arrange bien ton bandeau, on a été obligés de couper un peu là, sur le côté, et de raser à l'endroit de l'opération, mais avec le bandeau ça ne se voit pas, et puis ça repousse déjà. Est-ce que tu veux te voir dans le miroir ? Tessa ?

– Pardon ?

– Tu t'étais endormie, je t'ai fait la toilette, tu es toute belle maintenant, est-ce que tu veux te voir dans le miroir ?

– Oui.

Ça va, c'est bien moi.

Juste un bandeau ridicule dans les cheveux.

Et une tête de zombie.

11 H 30

– Tessa, c'est la docteure Meyer à nouveau, on s'est vues avant la toilette. Comment tu te sens ?

Comme quelqu'un qu'on réveille, devine ! Elle est déjà venue aujourd'hui celle-là ? Ou c'était hier ?

– Je sais pas.

– D'accord, est-ce que je peux quand même te poser quelques questions ? C'est pour évaluer tes progrès. Tu vas répondre rapidement, juste un mot si tu veux, ça ne va pas durer longtemps.

Allez, vas-y.

– D'accord.

– Est-ce que tu sais où tu es ?

– À l'hôpital.

– Très bien. Est-ce que tu sais quel jour on est ?

– Non.

– C'est normal, tu n'as pas de repères dans cette chambre, mais peut-être as-tu une idée du mois ?

– Février ?

– Pas loin, Tessa, on est fin mars, mais tu as eu ton accident en février et ça fait presque un mois que tu es ici. Tu sais en quelle année on est ?

Elle me prend vraiment pour une conne.

– Ben, 2020.

– Tu es sûre ?

Comment ça ? Elle me prend la tête, qu'est-ce qu'on s'en fout en quelle année on est, allez, casse-toi, j'en ai marre.

– D'accord, je vois que tu fatigues, on va s'arrêter là pour aujourd'hui, je reviendrai demain, d'accord ?

C'est ça, casse-toi.

Je sais mieux que toi.

J'étais en compète à Val Tho, juste avant d'arriver ici.

On était en février 2020.

13 H 00

YEAHHHHHHHH !

Gagné !

T'as gagné, pleure pas.

T'as gagné, et après, plus rien.

Pleure pas.

T'as gagné, puis le trou noir, puis ici.

Pleure pas.

14 H 00

Papa.

– Mon bébé, je te regardais dormir, je ne voulais pas te réveiller. Comment ça va aujourd'hui ?

– Fatiguée. Et j'en ai marre.

– T'inquiète, tu vas bientôt sortir, la neurochirurgienne a dit que tu faisais d'énormes progrès.

– Ah bon ?

– Elle nous a dit que les tests de ce matin étaient vraiment encourageants.

– Ah oui, elle était là ce matin.

– Oui, j'imagine que tu en as ras le bol, mais il va falloir être patiente. Tu es plus sur une course de fond que sur un sprint, ma championne.

Papa, je suis championne de sieste en ce moment, tu sais. Et puis d'oubli aussi. Je sais pas si c'est normal. J'arrive pas à reconnaître les gens, avec ces masques. Tous les jours, je dois réfléchir pour me souvenir. La chirurgienne est passée ce matin mais je ne sais même plus ce qu'elle m'a dit. Je crois qu'elle m'a raconté ce qui m'est arrivé, mais je ne m'en souviens plus. Toi, tu vas me dire.

– Papa, je me souviens pas de l'accident.

– Je sais, elle a dit que c'était normal. Pour se protéger, le cerveau se déconnecte.

– Raconte-moi.

– Tu as eu un accident en montagne. Je crois que tu as fait un saut d'une barre rocheuse. À la réception, une coulée de neige t'a emportée, ta tête a cogné une pierre.

– C'était à Val Tho ?

– Non, au Pas du Collet.

– C'est où ça ?

– Au-dessus de Talenge, tu ne te souviens pas ?

– Quoi ? Qu'est-ce que je faisais là ?

– Tu ne te souviens pas ?

– Mais non, putain !

– Ne t'énerve pas, c'est normal, ça va revenir. Tu as fait des tests ce matin, tu es fatiguée, en plus. Oh, mon bébé, ne pleure pas, je suis là…

– Papa, qu'est-ce qui se passe ?

– Tu as eu un accident grave, mais tu vas te remettre, ma championne, il faut juste que tu sois patiente, on est là, il faut que tu te reposes…

Papa, qu'est-ce qui m'arrive, pourquoi je me souviens de rien, pourquoi je reste là si je fais des progrès, pourquoi je peux pas me lever ? Papa, ramène-moi à la maison… Je suis si fatiguée.

– Oui, mon bébé, repose-toi, ferme les yeux, là. Maman est là, je la fais entrer ? Je voulais juste un moment seul avec toi… Là, dors un peu, je lui dis de venir, elle va veiller sur toi.

14 H 15

Saute pas. Tu vas te faire mal. Arrête.

Saute pas.

– Tessa, ça va ?

Maman.

– Tu étais très agitée dans ton sommeil. Tu as mal quelque part ?

– Maman…

– Oui, je suis là, dis-moi.

– Je veux sortir d'ici. Enlève-moi tout ça.

– C'est impossible, tu dois reprendre des forces avant de pouvoir te lever, tes muscles ont fondu pendant le coma, et il faut que tu te reposes.

– Je fais que ça, me reposer. J'en ai marre. Je veux retourner à l'internat, reprendre les entraînements.

– Il va falloir attendre un peu...

– Maman, ça fait longtemps que je suis là ?

– Oui, ça fait presque un mois.

– Et toi tu es là depuis tout ce temps ?

– Mais oui bien sûr, je suis arrivée tout de suite, je resterai le temps qu'il faudra.

C'est pas normal. Je dois avoir un truc grave pour qu'elle soit venue de Rennes. Pourquoi je me souviens pas ? Concentre-toi. Val Tho, je gagne, je saute dans les bras de Tomate, papa pleure derrière son appareil photo. Et après ? J'ai dû t'appeler, maman, tu as dû me féliciter, me dire que tu as vu la vidéo, qu'on allait fêter ça bientôt ensemble tous les trois.

– Maman, j'ai des trous de mémoire. Je me souviens pas. J'ai bien gagné mon *run*, à Val Tho ?

– Val Tho ? Ah oui, bien sûr, l'année dernière !

Qu'est-ce que tu racontes ? On est pas en mars ? Val Tho, c'était il y a un mois, pas un an !

– Tu veux dire le mois dernier ?

– Non... Val Tho, c'était l'année dernière, ma puce, c'est normal que tu confondes un peu les dates, tu es fatiguée, je crois que je devrais te laisser te reposer un peu.

– Un an ?

– Tu ne te souviens pas ?...

Un an ? Mais c'est pas possible, maman, un an, ça s'oublie pas comme ça, un an, c'est des dizaines de runs *avant la fin de la saison, c'est les week-ends de printemps à Rennes, c'est la fête à la fin de l'année, c'est les vacances à la mer, en Espagne, tous les trois, c'est la rentrée, c'est le retour à l'internat, les entraînements, c'est les premières neiges en novembre, c'est Noël, c'est le retour des compètes, c'est le nouveau classement... Et j'ai fait quoi comme résultats ? Et je suis plus en seconde ? Je suis passée en première ? Et j'avais qui comme profs cette année ? Et mes copines ? Je suis toujours avec Gil dans ma chambre à l'internat ? Et Hortense ? Et Jo et Kilian, ils sont où ? Ils ont fait quoi pendant tout ce temps ? Et toi, toujours à Rennes, et papa ? Et Papy et Mamie, ils sont toujours vivants ? Maman, maman, qu'est-ce qui se passe ? Je suis si fatiguée, il faut que je dorme, tout se mélange, si je dors, ça va aller mieux, je vais me souvenir...*

– Maman, je... je me souviens pas, je...

– Oh, Tessa, ne pleure pas, ça va te revenir, tu es fatiguée.

Oui je suis fatiguée, maman, je vais dormir, je me souviendrai en me réveillant...

– Oui, ferme les yeux, voilà, tu es épuisée, c'est les tests de ce matin. Juste, je voulais te dire qu'Edgar est passé tout à l'heure, mais comme tu dormais, ils ont dit de ne pas te déranger. Dors maintenant, je suis là, ça va aller mieux, bientôt.

Edgar… Mais pourquoi il vient me voir ?

Bientôt, oui, maman, ça va aller mieux.

20 H 00

Aujourd'hui, quoi ?

J'ai fait des tests.

Papa est venu.

Et maman aussi.

Et ils ont dit des trucs importants.

Je ne sais plus quoi.

Il faudrait que j'écrive tout ça, pour pas oublier.

JOUR 26

[TESSA]

9H30

– Bonjour, Tessa, comment ça va aujourd'hui ?

Qui c'est lui déjà ?

J'ai pas envie de te parler, pas envie de te voir.

– Tu ne te sens pas bien ? Je peux prendre ton poignet ? Oui, j'ai l'impression que ça ne va pas, tu veux me dire ?

Ta main me fait du bien. Tu es déjà venu. Je reconnais ta main.

Pas pleurer. Ta main me fait du bien. Toi, tu vas peut-être me dire.

Tu t'appelles Quentin, c'est marqué sur ta blouse.

– Quentin, ça va pas terrible… je… je me souviens de rien.

– Comment ça ?

– Tu sais toi, ce qui s'est passé ? Mon accident ? J'arrive pas à me rappeler.

– Quand tu es tombée, ta tête a heurté une pierre, tu as eu un traumatisme crânien. Il a pu déclencher une amnésie, est-ce que tu sais ce que c'est ? Certains souvenirs ont peut-être du mal à revenir. Peut-être aussi que tu ne te souviens pas bien de ce qui s'est passé hier, ou depuis ton arrivée ici. C'est difficile pour toi, je sais, mais quand on se réveille du coma, cela peut parfois prendre beaucoup de temps avant de sortir de la confusion.

Oui, je crois qu'on m'a déjà dit ça.

– Mais j'ai confiance en toi, et on est tous là pour t'aider. Quel est ton dernier souvenir, avant l'accident ?

– Mon *run* à Val Tho, je gagne, je vois papa en train de pleurer de joie, et après, plus rien.

– C'était il y a un peu plus d'un an, je crois.

Un an.

Un an, c'est pas possible.

– Avant, tu as des souvenirs ? Le lycée, le collège ? Tes amis ? Tes parents ? Tes grands-parents ?

– Ça oui, je me souviens.

Et puis d'autres choses aussi, Quentin, des souvenirs d'avant le collège, des souvenirs dans l'appartement, à Rennes, avec papa et maman.

Mais ça, j'ai pas envie d'en parler.

– C'est juste le trou noir après Val Tho.

– Tu veux dire, rien du tout ?

– Je crois, j'en sais rien, tout est flou, je suis tellement fatiguée. Et puis j'en ai marre d'être ici, quand est-ce que je vais sortir ? Quand est-ce que je vais me lever, au moins ça, me lever…

Pleure pas.

Tu fais que ça, pleurer, depuis que tu es là.

Pleure pas.

Tu avais juré.

– Tessa, tu veux bien que je me rapproche, que je te masse un peu les épaules ? Là, laisse-toi aller, laisse-moi faire, voilà, laisse-moi prendre tout ça, toute la peur, toute l'angoisse, tu me la donnes, laisse-la affleurer, la colère aussi, voilà, c'est bien, Tessa. Je comprends, tu as eu un accident grave, mais tu t'en es sortie, tu es vivante, et tu fais d'énormes progrès, tous les jours. Je sais que c'est dur, ne regarde pas en arrière, Tessa, regarde devant, on est là pour toi, on croit en toi, voilà, laisse-moi prendre tout ça. On va t'aider, Tessa, tu sais, le chemin sera peut-être long mais il y a de la lumière, tout au bout, je te le promets, là, je sens que ça va mieux…

Ça glisse sur le chemin.

Il fait noir.

Regarde devant.

Il fait tout noir.

11 H 45

Je veux plus de ce bandeau.

Je veux me couper les cheveux.

Cette fille, dans le miroir, elle a l'air trop triste.

Je veux plus lui ressembler.

Et j'en ai marre de cette photo qui me regarde tout le temps.

Dans le tiroir, voilà.

– Bonjour, Tessa, tu es réveillée, tu as l'air en forme aujourd'hui.

– Ça va.

– Je suis venue discuter un peu avec toi, je suis Sabine, la psychologue du service, tu vas bien ?

Tu es déjà venue, je crois. Je me souviens de ta voix.

– J'étais là pendant ton coma, et je viens régulièrement depuis ton réveil. Tu as rangé ta photo ?

– Oui, j'en avais marre de la voir. Et du bandeau aussi. Je voudrais me couper les cheveux.

– D'accord, pas de problème, on n'a pas de coiffeur ici mais une infirmière pourra sûrement s'en charger en attendant que tu puisses aller dans un salon. Tu as besoin de changer de tête. Tu as toujours eu les cheveux longs ?

On s'en fout. Tourne pas autour du pot.

– Madame, quand est-ce que je vais sortir d'ici ?

– Ça ne va plus tarder, tu peux t'asseoir, manger seule, tu vas bientôt être assez forte pour te lever.

– Je vais pouvoir retourner au lycée ?

– Ça, il va falloir attendre encore un peu. Avant, tu vas aller dans un centre de réadaptation.

Encore un hosto ? No way.

– Cela te permettra de te reposer, de bénéficier de différents soins.

– Mais des soins pour quoi ? J'ai été opérée, je suis réveillée, j'ai plus besoin de rien !

– Si, Tessa, tu vas devoir pratiquer des exercices, un peu comme à l'entraînement, mais pour te muscler le cerveau !

– Je suis devenue ouf, c'est ça ?

– Écoute, les tests sont bons, tu n'as perdu aucune de tes capacités. Tu t'es déjà blessée quelque part ?

– Jamais !

– Bon, mais tu as dû voir ça avec des copains ou des copines. On ne reprend pas directement la compétition après une blessure : il faut réentraîner les muscles, les ligaments. Avec le cerveau, c'est pareil. Le traumatisme crânien induit souvent des difficultés à se concentrer, à se souvenir. C'est là-dessus que tu vas travailler au centre. Tu as eu un grave accident, Tessa, mais tu es jeune, tu es en pleine forme, et tu es une championne. Tu as beaucoup d'atouts. Je... je crois que tu t'en es aperçue : tu as une amnésie. Tu sais de quoi il s'agit ?

Un trou noir.

Pas de lumière au bout.

– Tessa ?

– Oui, je crois. Je ne me souviens pas de l'accident. Mon dernier souvenir, c'est ma victoire à Val Tho.

– D'accord, Tessa. Je crois que tu ne retrouves pas de souvenirs précis de ce qui s'est passé depuis un peu plus d'un an.

– Tout s'est... effacé ?

– Non, Tessa, ce n'est pas ainsi que fonctionne la mémoire. Les souvenirs ne sont pas des mots inscrits sur un tableau que l'on pourrait effacer. Ce sont plutôt tes neurones, les cellules du cerveau, qui ne communiquent plus. Les neurones sont connectés entre eux et lors d'un accident ou d'un choc, ces connexions peuvent être endommagées. Le cerveau arrive parfois à les rétablir, mais ça peut être long.

– Mais ça va revenir ?

– On ne sait pas, Tessa.

Non, mais ça existe que dans les films, ça, les gens qui se souviennent de rien.

Et puis dans les films, ils ont un flash et pouf, ils retrouvent la mémoire !

On est dans un film ou quoi ?

– La docteure Meyer t'expliquera dans le détail quelles zones de ton cerveau ont été touchées. Il se peut aussi que ton amnésie ne soit pas due à des lésions physiques mais à un choc post-traumatique. C'est un mot compliqué pour dire que, peut-être, ton inconscient a besoin de ce « trou » d'une année, en ce moment. Je ne peux pas te dire pourquoi. Tu sais ce que c'est que l'inconscient ? Ce sont toutes les pensées enfouies au plus profond de nous, et qui ne ressortent que lorsque nous rêvons, ou quand nous faisons un travail avec un ou une psychothérapeute. Quelles que soient les raisons qui ont conduit à cette amnésie, l'important est que tu comprennes que tu n'es pas seule avec elle, Tessa. Nous sommes toutes et tous là pour toi.

Blablabla.

Tu crois que je les connais pas, les discours des psys ?

J'en ai vu trois des comme toi.

Je veux juste savoir ce qui s'est passé depuis un an.

Qui va me le dire ?

Et pourquoi j'ai pas mon téléphone ?

– Tes parents, tes grands-parents, tes amis vont te raconter ce que vous avez vécu ensemble, depuis un an, ne t'inquiète pas. Nos souvenirs ne nous appartiennent pas qu'à nous. Ils sont partagés. Il y a des études qui montrent qu'il est parfois difficile de distinguer le souvenir d'un événement de ce qu'on nous a raconté sur cet événement. Les souvenirs sont aussi beaucoup influencés par les photos.

– Ben voilà, c'est ça la solution, j'ai tout dans mon téléphone, il est où mon téléphone ?

– Tu es arrivée ici sans téléphone, il est peut-être resté sur les lieux de l'accident ? Je crois malheureusement qu'il va falloir t'en passer. Tu sais, un téléphone ne remplacera pas l'émotion. On se souvient toujours plus des événements marquants, des drames, des grands bonheurs, car la mémoire est profondément liée à ce que l'on ressent. Je crois que tu l'as compris par toi-même en cachant cette photo de toi. Tu seras différente de la Tessa d'avant l'accident, mais ça ne veut pas dire que tu seras moins intéressante. Moi, je ne t'ai pas connue avant. Et j'ai très envie de te connaître !

– Ouais. C'est votre métier. Je les connais, vos discours… Je suis fatiguée maintenant, vous pourriez me laisser ?

– Bien sûr, Tessa, bien sûr. Tu vas avoir une visite cet après-midi, ton amie Gil. Je te laisse, bonne journée.

Endommagée. Lésions. Traumatisme.

Je veux pas de ça.

Faut que je sorte de là.

Gil, dépêche-toi.

On va se barrer toutes les deux.

15 H 00

Il faut qu'ils retrouvent mon téléphone.

Dans mon téléphone, il y aura tout.

Les photos, les messages, tout. Pas besoin de rééducation.

En attendant, il faut que j'en aie un autre.

J'en peux plus de rien faire ici, il n'y a que la télé et ces bouquins qui me disent rien.

Allez, j'allume la télé, comme Mamie.

Au secours.

Ils ont pas Netflix ici.

Les infos.

Tiens, Macron est toujours là.

Pas moyen de l'oublier, lui.

C'est quoi ce truc ?

Coronavirus.

Le virus chinois, là ?

Il est arrivé chez nous ?

Tout le monde porte des masques dans la rue comme les Chinois maintenant ?

Pas envie de voir ça.

J'éteins.

Je vais me lever seule, tiens.

Ouais, championne.

Allez, marche jusqu'à la fenêtre.

Marche.

Pleure pas.

T'avais promis.

Pleure pas.

Reviens.

Dors.

– Tessa ?

Quoi ?

– Tess, c'est moi, tu dors ?

Gil.

Toujours aussi belle, même derrière ton masque.

– Mais non, je faisais semblant pour voir ! Alors, comment tu vas ?

Pleure pas, Gil, tu vas me faire chialer.

– Tu m'as manqué, ma belle, tu es de retour, on dirait.

– Grave ! Je suis trop contente de te voir !

Une petite larme, juste une, ma tête dans ton cou, tu sens bon, tu sens le pain grillé, je me rappelle, la première fois qu'on s'est blotties l'une contre l'autre dans ton lit à l'internat. Le soir où tu voulais tout arrêter, après un entraînement cauchemar. On est restées comme ça sans bouger toute la nuit, tu t'es endormie et moi je respirais ton odeur de pain grillé.

– Ah, ça fait du bien, j'en peux plus d'être ici.

– Tu vas bientôt sortir, ta mère m'a dit.

– J'espère… Ils veulent que j'aille dans un centre de rééducation. Bon, ça me saoule de parler de ça, toi, plutôt, raconte un peu ce qui s'est passé depuis que je suis ici.

Vas-y, les dernières courses, d'abord, Ilona est passée première, normal, j'espère juste que tu lui as fait bouffer un peu de neige quand même. Et Hortense ? Et Jo ? Et Kilian ? Pas de changement au classement. Tout le monde attend que je revienne. Tu m'étonnes. Plus personne pour mettre l'ambiance.

– Tessa, je voulais te demander, c'est vrai que tu te souviens pas du tout de ce qui s'est passé depuis un an ?

– Oui, je me souviens de rien… Mais c'est pas grave, fais pas cette tête ! Allez, raconte-moi, ça va me revenir.

– Je sais pas par où commencer, un an, c'est long, il s'est passé tellement de trucs !

– Alors montre-moi ton téléphone, j'ai plus le mien. Montre-moi les photos, les messages.

– La psy a dit que c'était pas une bonne idée. Ça peut te faire un trop gros choc.

– Les chocs, j'encaisse, tu sais bien. Montre-moi les photos, allez.

– Quelques-unes alors.

L'entraînement.

Muriel au briefing.

Jo en soirée avec une bouteille dans chaque main.

Gil et moi juste avant une compète.

Rien n'a changé en fait.

On est toujours tous les cinq.

– Alors, tu te rappelles ?

– Carrément. Les *runs*, les fêtes, comme d'hab, quoi. Mais il y a un truc que je capte pas. J'ai regardé les infos, tout le monde a un virus ? Et c'est quoi ces masques, dans la rue ?

– Ah, mais oui, ça non plus tu te souviens pas, forcément. Remarque, t'as de la chance de l'avoir oublié. Ça fait un an que ça dure. C'est le Covid. Si les vieux l'attrapent, ils peuvent en mourir. Les hôpitaux ont été saturés. Alors l'année dernière, on a été obligés de quitter le lycée, de se confiner chez nos parents, pendant deux mois. Plus de ski, plus d'entraînement, plus de compètes. Les cours à distance, en visio, l'horreur. Ça s'est calmé pendant l'été, puis ça a recommencé, reconfinement en novembre, couvre-feu pour qu'on sorte pas le soir, les restos, les cinés, les stations de ski, tout était fermé. Mais heureusement les cours ont repris, l'entraînement aussi, et les compètes.

Plus de ski ?

Plus de compétitions ?

Plus de lycée ?

Plus de potes ?

Et deux mois chez qui ? Ici ? Ou à Rennes ?

C'était l'horreur.

Tu t'en souviens pas.

C'est mieux.

C'est cool.

– Mais c'est pas encore fini ?

– Non, mais on s'est habitués. Du moment qu'on peut skier, aller au lycée, faire la fête. Le masque, on s'y fait.

– OK… et j'ai loupé un autre truc important ? Genre fonte des glaciers, explosion nucléaire ?

– Je vais pas te dire que la planète va mieux, mais pire que le virus, je vois pas.

– Gil, tu sais, il y a autre chose : j'ai oublié ce qui s'est passé l'année dernière mais… j'ai du mal à me souvenir aussi de ce qui s'est passé hier. Chaque fois que je dors, je me réveille avec des souvenirs trop flous. Quand les infirmières ou les médecins viennent me voir, leur tête me dit quelque chose, mais j'arrive pas à leur donner un nom, ou à savoir ce qu'ils ont dit avant. Je ne suis pas sûre d'avoir vu mes parents depuis l'accident… Tu sais, toi ?

– Oui, ta mère a débarqué de Rennes direct, tout le monde vient te voir dès que c'est possible. T'inquiète, ça va revenir petit à petit.

– Toi en tout cas, je risque pas de t'oublier, ma belle.

– Arrête, Tess, tu vas me faire pleurer.

– Même si j'oublie, je sens des trucs. J'ai des flashs. Des intuitions… Là par exemple, je sens qu'il s'est passé un truc mais que tu veux pas me le dire… T'as ken, c'est ça ?

– Je te l'aurais dit direct !

– T'as niqué, ça se voit, tu rougis ! Avec une meuf ou un mec ? Allez, vas-y !

– Non, c'est pas ça !

– Alors quelqu'un a couché, c'est obligé, je le sens, c'est qui ? Quand même pas Hortense avec Jo ?

– Tess, c'est pas drôle, plein de gens ont couché, sûrement, j'en sais rien, moi, tu leur demanderas quand tu les verras…

Tu me caches un truc.

Je le sais.

Ton odeur de pain grillé a disparu.

Ça sent acide maintenant.

Et moi, avec qui j'ai couché ? Je suis sûre que tu sais. C'est ça que tu veux pas me dire.

Comment on peut oublier ça ?

– Tess, Tess, ça va ?

– Excuse-moi, ma Gil, des fois j'ai un gros coup de barre, limite je m'endors.

– Je vais te laisser, ils ont dit pas plus de dix minutes.

– Gil, tu reviendras vite ?

– Carrément, dès que je pourrai.

– Tu m'as tout dit, ma belle ?

– Oui… je crois qu'il vaut mieux que je te laisse. Tu as l'air crevée.

– Viens là, on se refait un câlin.

Ça y est, ton odeur de pain grillé est revenue.

Ma Gil, je t'aime.

J'ai pas été sympa avec toi.

Ne m'en veux pas, ma belle.

Reviens vite.

Si je ferme les yeux, je vais m'endormir.

Si je m'endors, je vais oublier.

Il me faut un téléphone.

Ou un carnet pour noter.

Ou les deux.

Et il faut que je sache.

En un an, il s'est forcément passé des choses.

Je le sais.

Pourquoi je m'en souviens pas ?

JOUR 27

[SABINE]

Les parents l'écoutent, Sabine prend le temps d'expliquer. Tessa va bien, ils ont vérifié ses constantes, elle dort, il ne faut pas s'inquiéter. On ne sait pas ce qui s'est passé, les alarmes se sont déclenchées juste après la visite d'Edgar, elle a dû s'évanouir. Mais tout va bien à présent, elle se repose, ils vont pouvoir entrer. L'amnésie est importante, elle semble s'installer. En cas de choc, le risque est grand, tout peut s'effondrer, Tessa peut sombrer. Elle ne doit pas tomber en dépression, il faut la protéger.

Sabine n'aurait pas dû accepter toutes ces visites. Trop d'informations, d'un coup, un an de souvenirs, un torrent qui s'engouffre dans une gorge trop étroite, ça déborde. Il faut canaliser tout ça. Y aller progressivement. La laisser remonter à son rythme. Son psychisme n'est pas prêt. Le Covid, Edgar, c'est trop.

Sabine est une professionnelle, elle aurait dû anticiper ça, elle a fait une erreur d'appréciation.

Elle l'a dit au garçon, s'il aime Tessa, il doit la protéger. Il a répondu oui. Sabine va l'expliquer aux parents, aux grands-parents, aux amis. Tout le monde doit coopérer. Tessa peut avoir un téléphone, mais mieux vaut changer son numéro, pour qu'elle ne tombe pas sur des messages ou des photos de l'année dernière.

Sabine sait ce qui est bon pour elle. Le centre de réadaptation, à Rennes, est plus réputé qu'ici, ils ont d'excellents professionnels. Et puis elle sera près de sa mère, là-bas. Elle pourra se reconstruire, à son rythme. Et le moment voulu, si les souvenirs ne reviennent pas, alors il faudra lui raconter, mais Tessa sera assez forte pour l'entendre.

Le garçon est d'accord pour attendre.

Les parents aussi.

Tout va rentrer dans l'ordre.

Sabine le sait.

Elle fait entrer les parents dans la chambre.

Tessa dort, profondément, sa mère est là.

Sabine peut sortir.

[EDGAR]

15 mars 2021

Mon amour,

Aujourd'hui je suis encore passé te voir, mais tu ne m'as pas reconnu.

Comme les autres fois.

Tu connais mon prénom, tu sais qui je suis.

Mais tu ne sais rien de nous.

Notre histoire s'est effacée.

Et moi je n'ai rien pu te dire.

Alors je vais te raconter.

Je ne sais pas si mes mots seront à la hauteur.

Je ne sais pas si ça servira à quelque chose.

Écrire, pour ne pas crier.

JOUR 45

[TESSA]

Dans la nuit du 1er avril 2021

Je commence mon journal le 1er avril à minuit. C'est pas une blague.

C'est bien de tenir un journal, ça va m'aider, blabla des médecins.

Écrire, c'est pas mon truc mais là, j'en ai marre de pas me rappeler. Tout ce temps à l'hôpital et je m'en souviens presque pas. J'étais totalement dans le jus. Je n'ai que des flashs, des visages : la chirurgienne qui m'a opérée, un infirmier qui me faisait des massages. Papa et maman qui sont venus me voir. Gil aussi. Pas moyen de me souvenir de ce qu'ils racontaient.

À partir de maintenant, je vais tout noter, comme ça, je n'oublierai plus rien. Ce que je sais : j'ai eu un accident en montagne, un trauma crânien, j'ai une amnésie d'un an, mon dernier souvenir remonte à Val Tho 2020.

Ce que je ne sais pas : ce que j'ai fait depuis un an, ce qui s'est passé lors de l'accident, ce qui s'est passé à l'hôpital. Si seulement j'avais mon téléphone d'avant... Ordre des médecins, je ne dois pas voir de photos ou lire des messages de l'année dernière. Du coup, pour savoir, il faudrait mener une vraie enquête, chercher des indices mais les polars, ça n'a jamais été mon truc, fouiller le passé encore moins. Un été, papa m'avait inscrite à un stage d'archéologie, on passait des heures à gratter la terre, à chercher des pièces d'or ou des squelettes, mais on n'a trouvé que des capsules de bière et des clous rouillés.

Fouiller le passé, c'est comme analyser une course ratée, ça sert à rien si tu n'as pas un objectif : ne plus te planter. Or, là, moi, j'ai rien raté, juste pas eu de chance. Un accident, ça arrive. Maintenant, ce qui compte, c'est le présent, et surtout, le futur. Si tu regardes en arrière, tu tombes. J'ai jamais regardé en arrière, je vais pas commencer. Et c'est pas dans ce centre, à Rennes, avec une saison foutue, une tête mitée et des muscles fondus, que je vais le construire, ce futur.

Ici, toutes les journées se ressemblent. Une semaine que je suis là et je n'ai parlé à personne. La vie continue sans moi. Je reçois les photos des autres, les messages : Ilona va finir première du championnat, les soirées s'enchaînent et Jo a pécho une meuf en soirée.

Heureusement, hier un nouveau confinement a été annoncé. Deux semaines de vacances, trois semaines de cours à distance, tout le monde va être comme moi, entre quatre murs, en attendant que ça passe.

Écrire me fatigue, tout me fatigue, dès que je me lève, je n'ai qu'une envie, me recoucher.

Ce week-end, c'est Pâques. Les cloches vont passer, même ici, a dit Mamie. Je veux un œuf en chocolat noir géant, j'ai pas oublié que j'adore ça. Le chocolat, ça s'oublie pas.

Allez, ciao Journal, je ne vais pas te donner un nom, la flemme.

Journal, c'est bien.

JOUR 46

[EDGAR]

Jeudi 1er avril 2021

Tessa,

Je n'arrive pas à te parler, alors j'ai décidé de t'écrire.

De vraies lettres, comme il y a un an. Je ne suis pas sûr de te les envoyer, j'ai juste besoin que notre histoire soit inscrite quelque part, pour qu'elle ne s'efface pas.

Tout a commencé avec deux *runs*, le tien et le mien, à Val Tho, tu t'en souviens ? Une victoire comme ça ne s'oublie pas. Jusque-là, tu étais dans ta bulle et moi dans la mienne. Toi avec Jo, Kilian, Hortense et Gil, vos délires, vos soirées. Tu ne me voyais pas. Ou plutôt tu me voyais comme me voient les autres : un petit mec nerveux, solitaire, taciturne. Et qui énervait tout le monde parce qu'il gagnait tout, tout le temps, comme toi chez les filles.

On était les meilleurs toi et moi, mais côté style, rien à voir. Toi, tu traçais ta route, à l'instinct, moi, j'étudiais les *runs* des autres, à la recherche de la moindre faille. On ne se mesurait pas en compétition, pas moyen de savoir qui avait raison. Et moi, j'étais certain d'avoir raison. Parce que je suis d'ici, de la montagne, et pas toi. Parce que mon père est guide, comme son père avant lui.

Qu'est-ce que tu connaissais de tout ça, toi ? Tu avais choisi le ski mais ça aurait été la même chose en sprint ou au judo. La pente, c'était juste un terrain de jeu pour toi, tu la dévalais sans la respecter. Tout ce qui comptait, c'était gagner.

À Val Tho, j'ai cru que j'allais exploser. Ta course, c'était la course de trop, pas normal de gagner comme ça, trop facile. Une piste parfaite, bien damée, des bosses construites au ratrack, rien à voir avec la montagne, la vraie. Il fallait que je te montre comment on la défie. C'était elle, la seule adversaire à ma mesure. Pas toi.

Au lycée, on trace tous dans la poudre depuis notre enfance, le Pas de Chèvre aux Grands Montets, la Pente à Jules à Flaine, la combe de Bella Cha à La Clusaz. On *ride* caméra sur le casque dès qu'on peut et on se repasse nos exploits le soir, à l'internat, entre deux vidéos des X Games ou de Candide Thovex.

Candide, il a tout compris. Après son accident, il a arrêté le freestyle pour partir seul, avec son pote en montagne.

De la poudreuse, des couloirs, des barres à sauter. Loin du bruit et des foules. *Free ride*.

J'ai attendu longtemps. Il fallait les conditions parfaites, la bonne journée, un jour sans compète. Il fallait le lieu aussi, j'ai choisi le Pas du Collet. Tu as tout oublié, tu ne sais plus où c'est, tu ne sais plus comment c'est. Tu chercheras sur Internet, tu regarderas des vidéos. Tu verras la pente à 45 degrés, les rochers, et tu comprendras. Une rando à ma mesure, démesurée, pour montrer aux autres, pour te montrer à toi, que c'était moi qui avais raison, et que tu ne pourrais jamais m'atteindre.

À 4 heures du matin, pas besoin de réveil, le cerveau est programmé. Je me lève, m'habille, me brosse les dents, bois un verre d'eau, vérifie le matériel, déroule la check-list de mon père : Arva, baudrier, gourde, barres énergétiques. Je tire sur les peaux de phoque pour m'assurer qu'elles sont fixées, accroche les bâtons télescopiques sur le sac. Je sors dans la nuit, les étoiles si proches qu'on peut les toucher, le froid qui coupe le souffle. Je marche skis sur l'épaule, à la frontale, jusqu'à l'endroit où on peut chausser, retrouve le glissement du ski sur la neige, teste l'adhérence des peaux, monte, un pas après l'autre, comme mon père m'a appris, le pas de montagnard, sans décoller les yeux des spatules. Première conversion, une trentaine de pas, deuxième conversion, etc.

Peu à peu la tête se vide, plus rien ne compte que les pas, l'un après l'autre, et les conversions, qui mènent toujours plus haut. J'espère atteindre le col avant le jour. Je sais que c'est de là-haut qu'il faut voir le lever du soleil mais je ne me presse pas. Ne pas s'essouffler, être régulier, ne pas s'arrêter n'importe où, lire la pente, la neige, savoir reconnaître les couches accumulées, neige fraîche tout juste tombée, poudreuse, aérienne ; neige lourde de printemps, gorgée d'eau ; strates formant une meringue instable. Mon père, mon grand-père m'ont appris à chercher les indices dans le noir, au crissement de la neige, à son chuchotement.

Après deux heures, le ciel s'éclaircit, les étoiles disparaissent une à une, le col est en vue. Lever la tête ne sert à rien, le soleil sera là, il est là depuis des millénaires et m'attend pour m'offrir son spectacle, pile à l'heure. En face, les dents et les dômes n'ont pas encore levé le rideau. Le soleil préfère livrer ses doigts de rose au compte-goutte. Et paf, plein pot, le voilà, je mets mon masque, le regarde bien en face puis observe, en contrebas, les ombres reculer dans les combes, la pente se réveiller. Je dois encore monter sur l'arête pour trouver le meilleur couloir, tout au bout. D'abord un peu d'eau, du sucre, des forces. Les derniers mètres sont les meilleurs, de chaque côté de l'arête. À gauche, le gaz, et en bas, la vallée, qui s'éveille doucement, les premiers phares de voitures dans les virages. À droite, la pente, immaculée, vierge, puis les rochers qui cachent le couloir. Encore quelques mètres et le départ est là. Je m'équipe sur un endroit stable, reprends une gorgée d'eau, déchausse, décolle les peaux, les plie soigneusement avant de les mettre dans le sac, rechausse. Les poils n'accrochent plus la neige, les skis glissent, je suis prêt. Le couloir est plein, il est tombé cinquante centimètres la veille sur des couches déjà bien fournies depuis novembre. Ce sera une année à neige, a dit mon père.

Je pousse sur les bâtons, bascule droit dans la pente, fends la neige molle et légère qui s'offre sans résistance et s'évase en gerbes à chaque virage serré. Le couloir est étroit, j'enchaîne sans respirer, il ne faut pas s'attarder, c'est là que la plaque à vent peut décrocher. Dix secondes d'explosion des cuisses, des bras, de la tête, en apnée, avant de sortir du couloir. Puis les poumons s'ouvrent, la trajectoire s'élargit, les courbes deviennent fluides, je glisse sans effort.

Je m'arrête près d'un rocher. Le soleil est levé et cogne déjà dur, bientôt de fines gouttelettes d'eau vont s'immiscer entre les cristaux, commencer leur travail de construction de la nouvelle sous-couche, qui accueillera peut-être, bientôt – ou pas –, la prochaine couche poudreuse. La barre rocheuse m'attend.

Je dois la prendre à gauche, repère le moment où je dois donner l'impulsion pour avoir le maximum d'amplitude. Je saute.

Est-ce que j'ai pris une mauvaise impulsion, est-ce que je me suis ramassé trop tôt ? Je ne le saurai jamais. Ma vidéo montre l'élan, le ciel, puis tourbillonne dans le blanc avant de stopper sur une image grise. Moi, je n'ai vu que du noir. On dit qu'avant un choc, des images de notre vie défilent devant nos yeux. Moi, le film s'est coupé au moment de l'impulsion. Et il n'a repris que cinq minutes plus tard, quand je me suis réveillé couché dans la neige, l'épaule en vrac. Je n'ai pas eu le temps de regretter quoi que ce soit, je n'ai pas eu le temps d'avoir peur. Et quand je me suis réveillé, que j'ai vu que je pouvais redescendre, je n'ai pas cherché à comprendre, j'ai filé, j'ai fui, le bras plaqué contre la poitrine, en chasse-neige. Je voulais descendre le plus vite possible pour effacer le film, effacer ce moment de ma mémoire, faire comme s'il n'avait jamais existé. Quand je suis arrivé en bas, je suis tombé sur un couple en raquettes, qui ont vu mon épaule démise et ont appelé les secours. Je leur ai dit que tout allait bien mais ils n'ont rien voulu entendre, l'ambulance est arrivée, on m'a ficelé sur la barquette, m'a transféré à l'hôpital. Je me débattais, on m'a attaché, j'ai cédé. J'avais une luxation de l'épaule et un léger traumatisme crânien. On m'a gardé en observation.

Mes parents sont venus. Mon père m'a fait la leçon : il me faisait confiance, il me laissait partir seul, sur les itinéraires repérés ensemble, où il savait que les risques étaient limités. Il m'avait appris à lire la météo, la neige, à anticiper les plaques à vent. Il savait que le risque zéro n'existait pas. Là, j'avais trahi sa confiance, c'était inconscient de partir seul au Pas du Collet, et voilà ce qui était arrivé. J'ai serré les dents. J'avais une boule de haine dans la gorge, rien ne pouvait sortir.

Je n'ai pas dormi cette nuit-là, je me repassais le saut en boucle, je voyais tout tourner autour de moi, puis des flashs, puis du noir. Après, plus rien. J'ai dû dormir.

Le lendemain, au réveil, on m'a dit qu'on me gardait encore. Quand on m'a annoncé que tu attendais dans le couloir, que tu avais insisté pour me voir, j'ai eu envie de m'enfuir en courant. Et puis j'ai pensé que tu savais ce que j'avais fait. Que tu venais pour t'incliner. Je sais, c'est très con. Je me suis redressé dans mon lit, j'ai bien remonté le drap pour que tu ne voies rien d'autre que mon visage.

Et tu es entrée. Tu étais comme d'habitude. Ton sourire trop blanc, tes tresses blondes, tes épaules carrées. Tu t'es assise et tu m'as demandé, comme ça, même pas bonjour, rien :

– Tu as fait ça pour voir ce que ça faisait ? Pour t'en approcher ?

Je ne comprenais rien. Tu insistais :

– Tu me racontes ?

Qu'est-ce que je pouvais raconter ?

Je t'ai dit qu'il ne me restait rien d'autre qu'un trou noir.

– C'était comment dans ce noir ? Et comment tu es revenu ?

J'ai répondu que je ne savais pas. Tu as repris :

– J'aurais voulu savoir. Quand on s'en approche d'aussi près, ce que ça fait.

Alors j'ai compris.

Tu as regardé ailleurs. J'ai vu tes yeux devenir humides, une fraction de seconde, puis ton sourire est revenu et je ne le trouvais plus trop blanc.

C'est là que ça a commencé, je crois…

Il faut que je te laisse.

Je te raconterai la suite dans une autre lettre.

Je ne t'enverrai pas celle-ci, pas encore.

À demain,

Edgar

[TESSA]

Jeudi 1er avril 2021, le soir

Papa et maman sont venus. Ça fait drôle de les voir ensemble. Des années qu'on ne se retrouve tous les trois qu'aux vacances, ou le week-end. Ça me fait du bien, je les redécouvre. Soit ils ont changé, soit c'est moi, maman paraît sereine, comme apaisée, et papa me parle comme à un bébé mais je trouve ça mignon.

Il faut que je note ce qu'ils ont dit cet après-midi avant d'oublier. On a parlé du premier confinement, en mars 2020. Quand je vois des images, des vidéos, j'ai l'impression que c'est un *fake*, mais en fait non. Ils m'ont montré des photos : la rue déserte depuis le balcon de l'appartement, à Rennes. Moi avec mon casque derrière l'ordi de papa. L'anniversaire de maman : on a trinqué de balcon à balcon avec les voisins. Les stations fermées, les compétitions arrêtées, les entraînements aussi. Dément. Les cours à distance : ils m'ont montré une vidéo de Nosca chez lui, avec un casque à micro sur les oreilles, genre pilote de ligne, et derrière lui une étagère pleine de livres mal rangés, avec une figurine Super Mario pour les caler. J'ai bloqué dessus, Nosca expliquait un truc sur les racines carrées et moi je voyais son Super Mario qui commençait à sauter sur les bouquins en faisant tinter les pièces. C'est peut-être l'accident mais je crois qu'avant, j'aurais déliré pareil.

Qu'est-ce que je pouvais faire de mes journées ? Pas le droit de sortir à plus d'un kilomètre sauf pour les courses ou aller chez le docteur, juste un écran pour nous relier à l'extérieur. Les cours, les devoirs à rendre… Comment j'ai fait pour pas devenir tarée ? Maman dit que je passais beaucoup de temps sur mon téléphone.

Ça aussi ça a changé. Je décroche au bout de dix minutes. Ça me donne mal à la tête. Et puis je dors tellement.

Papy et Mamie me manquent, ils sont loin. Gil aussi me manque. Je n'arrive pas à l'appeler, ça m'épuise, elle parle tout le temps, je ne crois pas qu'elle était comme ça avant, ou alors je m'en rendais pas compte. Avec Hortense, c'est plus facile, elle me fait écouter de la musique. Elle est dans un délire trip-hop, un vieux truc bien planant, quand je mets mon casque, que je ferme les yeux, j'ai l'impression de voler au-dessus de la mer de nuages.

Ici je ne vois que la psy, l'ergothérapeute, les médecins. Les autres patients, ceux qui sont vraiment atteints, qui ont la tronche de travers, qui ne marchent plus, je ne veux pas leur parler. On n'est pas pareils. Si je leur parle, je vais devenir comme eux.

Les médecins disent que je progresse, moi je vois bien que non. Si je ne note pas, tout s'efface, très vite. Et puis j'ai envie de rien. Pas envie de sortir, de bouger, d'écouter les gens parler, dès qu'il y a trop de bruit, ça résonne dans ma tête. Je ne suis bien que quand je dors. Et encore. Trop de rêves, de cauchemars. Il faudrait que je les écrive.

Pas aujourd'hui, je suis trop crevée.

À demain, Journal.

JOUR 47

[EDGAR]

Vendredi 2 avril 2021

Tessa,

J'ai décidé de t'écrire tous les jours à la même heure, comme si on avait rendez-vous.

Après ta visite à l'hôpital, j'ai compris ce que tu cherchais. J'avais vu une fois une vidéo sur des gens qui avaient approché la mort. Ils parlaient d'un tunnel, d'une lumière au bout, de fantômes qui appellent. Du grand n'importe quoi. C'était peut-être ça que tu voulais savoir. Mais cette fraction de seconde, quand ton regard s'était brouillé, j'avais perçu une faille. Il y avait autre chose.

Quand je suis revenu au lycée, je t'ai vue rire avec tes potes, tu ne m'as pas regardé. Léon m'a donné une grande tape dans le dos sans faire attention à mon bras en écharpe, puis les autres sont venus prendre leur dose d'adrénaline. Fallait que je raconte, et j'en ai rajouté.

Toi, tu ne t'es pas approchée. On est restés comme ça deux jours à s'éviter.

Et c'est là qu'on a appris qu'on allait être confinés. On a cru que ça durerait quinze jours, certains rigolaient, prenaient ça pour des vacances. Pendant une seconde, je me suis dit que j'en profiterais pour faire de la rando, et puis je me suis rappelé mon épaule et j'ai senti l'angoisse monter. Nos regards se sont croisés. Tu avais la même expression qu'à l'hôpital. Je ne sais pas ce qui m'a pris (enfin, si, maintenant je le sais), j'ai griffonné mon numéro sur un bout de papier et te l'ai tendu en te disant juste : « Tiens, si tu veux savoir ce qu'il y a après le noir. »

Cette première semaine de confinement, tout était si bizarre. J'essaie de me souvenir mais tout est brouillé, je n'ai plus de repères, c'était tous les jours pareil. Je me revois en train de ruminer dans ma chambre, allongé sur mon lit, à fixer le plafond. Ma mère m'avait passé sa vieille tablette pour les visio, on passait des heures à essayer de faire marcher l'ENT qui était saturé.

Il faisait beau, ça sentait le printemps, mais on ne pouvait pas sortir à plus d'un kilomètre. Autour de chez moi, il n'y a rien, juste une pente morne, à flanc de montagne. Un kilomètre en amont, un en aval, le long du chemin. Je préférais rester derrière ma fenêtre, avec vue sur la vallée.

Et puis ton premier message est arrivé.

« Salut, c'est Tessa, ça va ? »

Banal.

En vrai, tu avais mis une heure à l'écrire, tu avais effacé toutes les autres versions, tu cherchais un truc drôle à dire, mais rien ne venait, car rien n'était drôle à cette époque-là, tout était lourd, angoissant, pénible.

Juste avant d'écrire ce message, tu as fait des séries de squats, de pompes, et soulevé un peu de fonte dans ta chambre. En écrivant, ton cœur battait fort…

Mon cœur aussi a bondi quand j'ai vu ce message, ton prénom. Je n'ai pas réfléchi, j'ai répondu « Oui ça va et toi ? », en guettant les points de suspension. Tu étais là, les points clignotaient, tu écrivais. On a échangé comme ça pendant cinq minutes, en se racontant pas grand-chose, mais les mots n'avaient pas d'importance, du moment que les petits points clignotaient.

L'heure du cours de Nosca est arrivée, on allait tester les caméras. La mienne n'a pas marché. Une dizaine de visages sont apparus sur l'écran et parmi eux, Léon, Gil, Kilian et toi. On s'est marrés, Nosca a vite renoncé à donner un vrai cours. Tu étais déçue de ne pas m'avoir vu, c'est pour ça que tu ne souriais pas sur la vidéo, que ton regard semblait perdu. Mais moi j'aimais ce regard-là.

J'en ai trop lu des scènes comme ça dans les romans. « Leurs yeux se rencontrèrent… » Nous, c'est quand on a cessé de se voir qu'on est tombés amoureux. Avant l'accident, je ne te voyais pas, tu ne me voyais pas. À l'hôpital, j'ai deviné que tu cachais quelque chose derrière ton sourire éclatant et tes victoires à ski.

Il fallait que je sache.

Mais pour que tu te livres, je devais attendre, t'apprivoiser.

Toi, tu bouillais. En temps normal, dans la vie d'avant, tu serais venue droit sur moi, au lycée, tu m'aurais pris par le bras et tu m'aurais dit : « On va pas tourner autour du pot, tu me plais, tu sais ? » Ça avait toujours marché jusqu'à présent, les mecs étaient tellement désarçonnés que tu éclatais de rire et les prenais par l'épaule avant de planter tes yeux dans les leurs et qu'ils osent enfin t'embrasser.

Je suis si heureux qu'on n'ait pas pu, que notre histoire ait démarré différemment.

À demain,

Edgar

[TESSA]

Vendredi 2 avril 2021

Cette nuit, j'ai fait un rêve trop glauque. Maman avait mal à la tête, j'allais chercher des glaçons dans le frigo, j'avais du mal à atteindre le freezer tout en haut, j'attrapais le bac à glaçons du bout des doigts, il tombait et se renversait par terre. Au lieu de glaçons, il était rempli de dents.

J'ai pas raconté ça à la psy, ça sert à rien. Elle s'inquiète parce que je n'ai pas envie de parler aux autres malades, elle a peur que mon amnésie me fasse déprimer. Elle n'a pas encore compris que j'ai rien à faire ici. Elle ne me connaît pas. Qu'est-ce qu'elle sait de ma vie ? Elle sait pas à qui elle a affaire. J'ai jamais eu besoin de personne pour me relever quand je tombais.

Quand je vois ce qui s'est passé depuis un an, les confinements, le Covid, j'ai pas envie de me souvenir. Bon, d'accord, Journal, il y a deux-trois trucs, j'aimerais bien. Le meilleur *run* de ma saison. Si j'avais réussi à dépasser la moyenne en maths. Si Nairobi va s'en sortir dans la saison 4 de *La Casa de papel* (je vais devoir la regarder à nouveau, trop cool). Qui est sorti avec qui…

Il faut pas que je pense à ça. Quand je pense à ça, je me demande avec qui MOI, je suis sortie, avec qui j'ai couché. Il me semble que je le saurais, qu'on doit sentir ça dans son corps, mais rien. Et puis Gil me l'aurait dit, on se dit tout. Je lui ai raconté mes trois fois. Elle, elle attend le grand amour. Moi, je n'aime pas attendre, je prends tout, tout de suite, avant que ça disparaisse, on sait jamais. Et puis, grand amour ou pas, la première fois ça reste galère, comme la deuxième et la troisième d'ailleurs ! La vraie question, c'est : est-ce que je suis tombée amoureuse ? Mais de qui, franchement ? Plus de lycée, plus de soirées, plus de compètes. Ça m'étonnerait que je me sois mise à pécho sur les réseaux. Ou alors fallait vraiment que je m'ennuie, que je ne puisse pas sortir, ni faire de sport…

J'ai peut-être fait ça. Et d'autres choses. Quand j'y pense, je mets mon casque et j'attaque trente séries de pompes et trente de squats. Et puis ça passe. C'est comme ça que c'est toujours passé, c'est pas maintenant que ça va changer.

Ce soir, je me suis regardée nue dans le miroir. J'ai vu une fille plus mince, plus voûtée, pâle, avec des cheveux courts. Ce n'était pas vraiment moi.

Il n'y a qu'en sortant d'ici que je me retrouverai.

Compris, Journal ?

Allez, au dodo.

JOUR 48

[EDGAR]

Samedi 3 avril 2021

Tessa,

Cette nuit, j'ai fait un cauchemar. J'ai rêvé que tu ne retrouvais jamais la mémoire. Que tu tombais amoureuse d'un autre.

Plus le temps passe, plus la distance se creuse entre nous, je dois aller vite, le temps est mon ennemi.

Il était pourtant mon meilleur allié l'année dernière. Nos journées s'écoulaient lentement, entre quatre murs, avec pour seule fenêtre le paysage immobile. Nous échangions quelques messages, des blagues. Je comptais souvent les minutes avant de répondre. Tu m'as avoué avoir fait pareil.

Mes parents ont commencé à se poser des questions, à s'inquiéter de me voir rester enfermé. On est descendus dans la vallée pour un contrôle de mon épaule. Les rues étaient vides, la ville silencieuse, la clinique déserte.

Mon épaule était remise. J'ai commencé à sortir sans respecter le kilomètre ni l'horaire. Toi, tu courais en ville, autour du même pâté de maisons, une heure pile, tous les jours, tu transgressais parfois les règles en t'écartant d'une rue, en grappillant des minutes. Tu me prévenais pour que je sorte en même temps que toi, je mettais la même musique. En rentrant, on se racontait ce qu'on avait croisé : toi, une mouette juchée sur un lampadaire, moi, un lapin assis au milieu de la route.

On convenait d'un code, pendant les cours en visio, tu me faisais des gestes, je te répondais par message, tu coupais vite ta caméra pour que le prof ne te voie pas éclater de rire.

On parlait de nos parents, de leurs expériences : ton père qui faisait son pain, avec son propre levain, ta mère qui plantait des tomates sur le balcon. Potager et pain maison, ma mère n'avait pas attendu le confinement pour s'y mettre. Tout ce que j'avais toujours trouvé ridicule chez elle devenait tout à coup à la mode : manger ses propres légumes, avoir des poules, faire du yoga au lever du jour, écouter de la musique classique… La tienne passait sa vie en visio, la journée pour le boulot, le soir avec ses copines. Tu pétais les plombs : tes parents voulaient regarder des ballets à la télé avec toi, faire des jeux de société. Les miens me foutaient la paix et s'évitaient soigneusement : ma mère partagée entre son jardin et sa chambre, mon père enfermé dans son atelier à bricoler.

Tu me racontais les flics qui patrouillaient pour contrôler personne, le plexi dans les pharmacies et les supermarchés, les affiches et les panneaux lumineux coronavirus, les applaudissements, le soir.

Je te racontais le printemps qui s'installait, le retour des crocus, le chant des oiseaux, le nuage de pollution de la vallée qui se dissipait.

Après quelque temps, tu m'as confié que tes grands-parents te manquaient, que tu avais peur pour eux car un de leurs amis était en réanimation à cause du Covid.

Je regrette aujourd'hui de ne pas t'avoir dit que c'est pour toi que je m'inquiétais, dans cette ville infestée de virus.

Nos messages faisaient parfois des kilomètres, mais il était hors de question de s'appeler, encore moins de se faire une visio rien que tous les deux. Nous voir, nous entendre, nous aurait ramenés à notre vie d'avant.

Mais un soir, tu n'as pas répondu. Ni le lendemain matin.

Tu t'es connectée au cours de Nosca, tu as allumé ta caméra pour dire bonjour, tu semblais aller bien, puis tu l'as éteinte. J'ai fini par t'écrire que je m'inquiétais. Tu as répondu que tu n'étais pas en forme, que tu en avais marre, que c'était trop long, que tu avais besoin de skier, de crier, de danser, de toucher d'autres personnes que tes parents, de te bourrer la gueule. Tu m'as envoyé une photo, tu avais ce regard, pareil à celui que tu m'avais lancé, le jour de ta visite à l'hôpital.

J'avais envie de savoir ce qui se cachait derrière ce regard-là. J'avais gagné ta confiance, mais je devais te montrer autre chose de moi, ce que tu avais entraperçu après ma chute, ce que peu de gens devinent.

Et ça ne pouvait pas se dire par message, encore moins par téléphone ou en vidéo. Tu trouverais ça bizarre, chelou, mais j'espérais que tu aimerais ça.

Je t'écrirais des lettres, manuscrites.

Des lettres d'amour.

Des poèmes.

Comme dans les romans.

Et tant pis si tu trouvais ça ridicule.

À demain,

Edgar

[TESSA]

Samedi 3 avril 2021

Aujourd'hui, la psy m'a donné un exercice à faire. Des listes, genre liste de courses. J'ai complètement bloqué, j'ai rien fait. Mais ce soir, j'ai envie de les écrire ici, ces listes, dans ce journal.

Choses qui ne font que passer

Le rouge des cerises, dans l'arbre, avant que les oiseaux les dévorent.

Les marques de bronzage à l'automne.

Les blagues nulles de Kilian.

La gêne de ne pas donner d'argent à un SDF.

La seule cabine verte du télécabine de Flaine.

L'espoir d'avoir une bonne note en maths.

Choses qui font battre le cœur

La demi-seconde avant le départ d'un *run*.

Écarter une adversaire d'un léger mouvement du coude.

La victoire de justesse.

L'arrivée en haut du télécabine le 1er janvier à 9 h 05.

Choses qui font naître un doux souvenir du passé

Ma Nintendo DS.

Au cinéma, manger du pop-corn et sortir de la salle avec, dans la bouche, les grains qui n'ont pas éclaté.

À la mer, partir au large, enlever son maillot de bain et se sentir libre, nue, dans l'eau.

Le bruit des pas, étouffé par la première neige.

Choses embarrassantes

S'apercevoir qu'on a oublié de mettre du déo.

Perdre (enfin, j'imagine).

Certains regards de Jo sur moi, en fin de soirée.

Les gâteaux ratés de Mamie.

Un stylo rouge qui a coulé dans la poche arrière du jean.

Les larmes de papa à mes anniversaires.

À l'hôpital, laisser un infirmier masser mes épaules, sentir tout mon corps se détendre, mon sexe devenir humide.

À l'hôpital, ne pas se souvenir du nom de cet infirmier.

À l'hôpital, ne pas se souvenir du nom d'une aide-soignante, le lire sur sa blouse, et l'appeler Céline au lieu de Cécile.

Ici, croiser des gens en béquilles, en fauteuil roulant, voir des gens assis à une fenêtre le regard dans le vide.

Ici : tout.

Choses qui doivent être courtes

Un baiser maladroit.

Un devoir de maths.

Une panne de télésiège en pleine tempête.

Mon séjour ici.

La mémoire (ha ha ha).

Choses splendides

Mes médailles et mes coupes.

Le solo de guitare que m'a fait écouter Hortense hier.

Cinquante centimètres de poudre immaculée.

Le sourire de maman, quand elle était jeune.

Les stalactites de glace bleue.

Le coucher du soleil entre deux montagnes, quand le ciel devient orange ou rose.

Pas mal, cet exercice, finalement, je vais lui dire, à la psy, elle va être contente.

Demain, je rentre à l'appartement pour la journée, c'est Pâques. J'aurais dû ajouter les œufs géants en chocolat noir dans les choses splendides, celles qui font battre le cœur et celles qui rappellent un souvenir.

Bonne nuit, Journal, rêve pas trop.

JOUR 49

[EDGAR]

Dimanche 4 avril 2021

Tessa,

Aujourd'hui j'ai repensé à la première lettre que je t'ai envoyée, il y a un an. Je m'en souviens presque par cœur. J'avais mis trois jours à l'écrire. Si tu veux la lire, elle est cachée, avec les trente qui ont suivi, dans la remise de tes grands-parents derrière un vieux tas de pots de fleurs.

J'ai attendu deux jours que tu la reçoives. Deux jours d'angoisse. Et si tu me prenais pour un ouf ? Et si tu ne ressentais pas la même chose que moi ? Et si tout ça n'était qu'un jeu pour toi, un moyen de t'évader du confinement ?

Mais tu m'as appelé. Je n'ai pas décroché, tu as laissé un message, c'était la première fois que j'entendais ta voix en dehors des visio avec les profs. Je ne te reconnaissais pas. Tu parlais vite, très bas, et je ne me souviens pas de tes mots exacts mais tu voulais que je te rappelle en urgence.

Je t'ai répondu par écrit, impossible de te parler. J'ai commencé par : « Tu as reçu ma lettre ? » Tu t'es contentée d'un « Oui », j'attendais, je voyais les points de suspension comme autant d'hésitations, je voyais tes doigts taper sur l'écran, effacer, recommencer, je le sais, je faisais pareil. Et puis tu m'as dit que tu n'avais jamais reçu une lettre comme ça. Que j'étais fou. Tu n'as pas écrit « ouf », tu as écrit « fou ». Et moi je voulais répondre « fou de toi » mais c'était tellement niais que je t'ai juste demandé si tu voulais bien que je t'en envoie d'autres, des lettres comme ça. Et là tu n'as pas attendu, ton « Oui » est arrivé en un millième de seconde.

On a échangé des messages toute la nuit. Je regrette tellement de ne pas les avoir gardés. Dans mes souvenirs, ils se mélangent avec tous ceux qu'on a échangés ensuite, à chacune de mes lettres. Je n'ai plus de vraies traces de toi. De preuves de ce que tu ressentais pour moi. Je n'ai que le souvenir de cette nuit, puis de toutes les autres, à chaque lettre. Nos nuits.

Pendant les trente jours qui ont suivi, jusqu'au 10 mai 2020, date de sortie du confinement, le temps ne s'étirait plus, il filait. La journée, je pensais à ce que j'allais t'écrire, le soir je t'écrivais, la nuit on échangeait. Je me suis fait un emploi du temps comme à l'entraînement : courir le matin jusqu'à la boîte aux lettres, avant les premiers cours en visio, écrire ma lettre du jour avant le dîner, pour être tout à toi, le soir, et répondre à tes messages sur ma lettre de la veille. Je t'écrivais tout le temps dans ma tête. Tomate nous avait préparé un programme de malades, elle se filmait dans son salon en survêt et nous bombardait d'exercices qui nous faisaient hurler de rire. Mon corps enchaînait les pompes, les développés ou les squats et ma tête inventait des lettres, des poèmes, des chansons. Je me foutais complètement que tu trouves ça ridicule car tu ne trouvais jamais ça ridicule. Je te faisais pleurer, tu me faisais rire, personne pour nous observer, nous juger, commenter, nous n'avions jamais été aussi libres qu'enfermés seuls dans nos chambres.

Tu me disais que mes mots étaient des caresses sur ta peau. Tu me racontais que tu embrassais mes lettres, que tu les mettais sous ta joue avant de dormir. Tu voulais que je parfume le papier, que je laisse une empreinte digitale avec de l'encre, que je glisse une mèche de mes cheveux dans l'enveloppe. Et moi j'obéissais, te livrant des bouts de moi, un morceau de mon tee-shirt préféré, une photo de moi bébé, mon magnet Val Tho. Tu avais une boîte à trésors, exhumée d'un carton de jouets que tes parents avaient stockés au fond d'un placard. Elle est cachée dans la remise avec mes lettres.

Je me livrais tout entier, mais toi, tu ne m'offrais que des fragments. Lors des visio, tu étais la Tessa d'avant, drôle, sûre d'elle, expansive. Dans tes messages, tu glissais parfois une remarque, un mot, qui laissait deviner tes doutes, tes peurs. Rien de plus.

Et puis, un soir, j'ai reçu ce message :

« J'ai senti l'odeur de ta peau sur ta lettre. Je me suis caressée en pensant à toi. »

Je t'ai imaginée nue, allongée, une main tenant ma lettre, l'autre entre tes cuisses. J'ai senti mon sexe durcir. Ta main s'est mise à descendre le long de mon pénis, à remonter au fil de ta lecture.

J'ai répondu :

« J'aimerais être cette feuille de papier dans ta main. »

Tu as aussitôt répliqué :

« Et moi la main qui tient ton stylo ! »

J'ai éclaté de rire, mais trop tard, j'étais en érection et je n'avais que des images de toi en train de parler des dérivées avec Nosca pour me calmer.

Je ne me suis pas calmé.

J'ai fermé les yeux, imaginé tes cheveux caresser ma poitrine, tes lèvres effleurer mon nombril, tes doigts se refermer sur mon sexe. Je t'ai écrit :

« Ma langue parcourt un chemin qui démarre en douceur derrière ton oreille, descend lentement dans ton cou, plonge entre tes seins. Elle s'affermit au sommet de ton téton, s'enroule en spirale autour, puis s'échappe vers ta bouche, pour plonger au plus profond. »

Tu as juste répondu : « Continue. »

Elle a duré longtemps, cette première fois, entre nous. Bien plus tard, tu m'as dit que tu avais déjà fait l'amour. Moi non. C'est toi qui m'as tout appris. Ou plutôt j'ai tout appris à travers toi, même les images, les mots. J'ai dû effacer ceux des pornos et des réseaux. J'aurais tellement voulu ne jamais avoir vu ces corps parfaits, imberbes, ces seins gonflés, ces gestes mécaniques, techniques, tout ce que je convoquais pour me masturber avant de te connaître. J'aurais découvert tes grains de beauté, tes cicatrices, j'aurais senti sous mes doigts une vertèbre saillante dans ton dos, un petit bouton dans ton cuir chevelu. J'aurais mis mon nez entre tes seins pour sentir ton odeur chaude, salée.

Je ne peux pas croire que tu aies oublié ça. Ces souvenirs-là sont ancrés à même ma peau. Et je suis sûr qu'ils sont restés imprimés au plus profond de toi.

J'aimerais tellement que mes mots les réveillent.

Ce soir, je vais m'endormir avec toi, comme avant.

Et t'embrasser, longuement.

Edgar

[TESSA]

Dimanche 4 avril 2021

J'ai bien fait de t'emporter avec moi, Journal. Je t'ai mis dans mon sac au dernier moment ce matin, je devais avoir un pressentiment. Je t'écris depuis ma chambre, à l'appartement, j'ai quitté le centre.

Mais je vais trop vite, commençons par le début.

Quand papa est arrivé pour me chercher au centre, j'ai tout de suite vu qu'il préparait un coup. Il avait son petit air chafouin. Moi, j'étais si contente de revenir à l'appartement que je n'arrêtais pas de parler, papa rigolait en disant que ça lui rappelait ma phase « miss Pipelette », à sept ans.

Je sentais un truc bizarre, je pensais qu'il avait organisé une chasse aux œufs dans l'appart ou un truc dans le genre. Alors quand j'ai ouvert la porte et que j'ai vu Papy et Mamie, j'ai hurlé de joie.

Ils étaient trop fans d'avoir bravé l'interdiction de se déplacer à plus de 100 kilomètres, ils se prenaient pour des rebelles, et Papy nous a ressorti ses souvenirs de Mai 68, quand il a essayé d'arracher un pavé pour le balancer à la tête d'un CRS mais qu'il n'a pas eu le temps car il était en retard pour son premier rendez-vous avec Mamie au square. J'ai dû entendre cette histoire un million de fois mais aujourd'hui, c'était un peu comme si je la redécouvrais.

L'appartement est à la fois familier et bizarre. Rien n'a bougé dans ma chambre, mais il n'y a rien à bouger, toutes mes affaires sont chez papa ou à l'internat. Ici, je ne suis pas chez moi. Je me souviens à peine de comment c'était, avant qu'on déménage dans la vallée, en CM2. Des locataires sont passés par là, et quand maman est revenue, elle a refait toute la déco. Mon papier peint à licornes a disparu, tant mieux, j'ai toujours détesté les licornes, les lamas, les fleurs et les paillettes. Maman a choisi une peinture bleu nuit pour l'un des murs, fait poser du parquet, on dirait une photo de magazine.

Pendant le repas, je riais aux blagues nulles de papa, je m'énervais quand maman s'enflammait contre sa cheffe, mais j'avais l'impression que tout se déroulait sur un écran, que j'étais spectatrice.

Au dessert, j'ai eu droit à mon gros œuf en chocolat noir. J'aurais voulu qu'il soit caché quelque part, comme quand j'étais petite. Et en même temps, j'aurais trouvé ça ridicule.

Et puis c'est monté d'un coup. Je me suis levée de table, j'ai couru dans ma chambre, j'ai enfoncé ma tête dans l'oreiller mais trop tard. Je n'ai pas réussi à les arrêter. Les larmes, les sanglots, et même les cris. Comme quand tu glisses sur une plaque de verglas, que tu cherches une prise, une posture pour freiner mais que la pente t'emporte. J'entendais des voix un peu affolées, gênées, je sentais des mains sur mes cheveux, mes épaules. Je savais que c'était eux mais je ne les reconnaissais pas. Ils ont fini par me laisser seule. Je me suis calmée, peut-être endormie.

Papa est venu me voir et m'a demandé s'il pouvait faire quelque chose.

J'ai d'abord répondu : « Rien. »

Et puis j'ai réfléchi.

Je ne voulais plus retourner au centre.

Il a eu cet air, un peu soulagé, comme s'il attendait que je lui demande ça.

Il est sorti en parler avec maman.

Mamie m'a prise dans ses bras et m'a bercée, en silence.

Papa et maman ont dit qu'ils étaient d'accord. Je reviendrai à l'appart et on verrait pour la rééducation, on prendrait des rendez-vous en ville, on trouverait.

Me voilà revenue un an en arrière, en confinement chez les parents.

Ce soir, dans cette chambre, il n'y a que toi, Journal, pour me rappeler qu'un an s'est écoulé.

Tout va revenir comme avant.

JOUR 50

[EDGAR]

Lundi 5 avril 2021

Tessa,

Je me rends compte que mes lettres ne serviront peut-être à rien. Que te raconter la naissance de notre amour ne le fera pas renaître. Est-ce que nous sommes les mêmes qu'il y a un an ? Non. Est-ce que le monde autour de nous est le même ? Non. Je ne sais pas ce qui a été effacé dans ta mémoire, je ne sais pas ce que tu as ressenti lors de l'accident, lors de ton séjour à l'hôpital. Les médecins m'ont parlé d'un choc post-traumatique, de ta mémoire qui peine aussi à se fixer sur le court terme.

Est-ce que ça vaut la peine de continuer ?

Mais je repense au jour où tu m'as dit « Je t'aime » pour la première fois.

Et même si tu ne lis jamais cette lettre, même si tu la lis et que tu l'oublies aussitôt, même si tu la lis et que tu me rejettes, elle sera là, écrite, elle existera. Ce « Je t'aime » sera inscrit quelque part. Il sera réel.

Ce jour-là, la matinée avait mal commencé : tu n'avais pas branché ta caméra lors des visio et tu répondais à peine à mes messages. Je commençais à paniquer, je t'avais peut-être énervée, dégoûtée, blessée, ou alors tu ne voulais plus de moi, tu avais parlé à tes copines ou rencontré quelqu'un d'autre. Le soir, je suis sorti dans le jardin, j'ai pris la hache de mon père et je me suis mis à fendre des bûches. Il est sorti en courant, mais il a dû comprendre, car il a juste allumé la lampe de dehors en me disant : « Comme ça, ça évitera que tu tapes à côté. Et mets des gants. » Je suis revenu une heure plus tard, des ampoules plein les mains, un peu calmé. Trois messages m'attendaient.

« Désolée, j'étais sortie avec mes parents aujourd'hui. »

« T'es là ? Je suis dispo si tu veux. »

« Tu es fâché ? Désolée. Vraiment. C'était une journée… compliquée. »

J'ai répondu :

« Je suis là. J'étais sorti fendre du bois avec mon père. Ça va ? »

« C'est pas top, non. Je vais te raconter. Mais laisse-moi le temps, fais un truc, je sais pas, on se retrouve dans une heure. »

Une heure ! Qu'est-ce que tu avais à me raconter pour que ça prenne une heure ? J'ai failli ressortir couper du bois mais il était 23 heures et mes parents dormaient, j'ai pris une douche, fixé vingt minutes le cours d'histoire sans qu'il s'imprime dans mon cerveau, regardé quelques vidéos.

Je n'ai pas résisté, au bout de cinquante-cinq minutes, j'ai écrit : « Alors ? » Tu as juste répondu : « Attends. » J'ai arrêté de fixer mon portable, j'ai fermé les yeux, essayé de t'imaginer dans ton lit, et je me suis rendu compte que je ne connaissais rien de ton univers, rien de ta vie d'avant, à Rennes. Je savais tout de ton palmarès, de tes records, de tes techniques à ski, j'en avais étudié les moindres détails pour en chercher la faille. Je connaissais ton goût pour les voix chaudes d'Adèle ou d'Yseult, ta passion pour les rythmes faciles de The Weeknd, tout ce que je trouvais commercial et sirupeux. Je savais que tu passais des heures devant des séries romantiques, *La Chronique des Bridgerton* ou *Anne with an E*, je n'en avais jamais regardé un seul épisode. Je te savais mon opposée, aussi gaie que j'étais taciturne, aussi expansive que j'étais renfermé. Mais j'aimais ça. Tu balayais d'une blague le moindre doute, d'un rire mes moments de tristesse. J'aimais cette fille cool, bête de ski et fêtarde, qui ne se prenait pas au sérieux. Mais ce que j'aimais par-dessus tout, c'était ce que je pressentais derrière ce personnage, construit au collège, et qui avait affleuré au moment de ta visite à l'hôpital.

Ton message est arrivé, il commençait par : « Aujourd'hui, ma mère est partie. Elle a quitté l'appartement pendant six heures. Je n'étais pas sûre qu'elle revienne. Elle dit qu'elle avait juste besoin de prendre l'air, de plus se sentir enfermée, mais moi je sais. Elle avait besoin d'être seule. De plus nous voir. » Et tu m'as raconté : sa dépression, à Rennes, quand tu étais en CM1, votre déménagement, dans la vallée, pour vous rapprocher de tes grands-parents, pour prendre un nouveau départ, la fausse bonne idée, ta mère au chômage, qui dort toute la journée, s'assomme de calmants, ces jours où tu ne la vois pas parce qu'elle dort, ces jours où elle est là sans être là, hagarde, ces jours où elle est en maison de repos, l'espoir qu'elle aille mieux, les rémissions, parfois, qui ne durent jamais, les rechutes, toujours. Tu me dis la peur qu'un jour elle ne revienne pas. Tu n'avais jamais raconté ça à personne d'autre que Gil. Tu te confiais à moi, parce que tu m'aimais.

Je me suis jeté sur mon lit, j'ai frappé mon oreiller, hurlé dedans. J'aurais voulu tendre une main vers toi, tu l'aurais prise doucement, je t'aurais attirée contre moi, on serait restés comme ça longtemps, ta main crispée dans mon dos, ma main sur tes cheveux, on aurait pleuré, j'aurais soulevé ton visage, tu aurais souri, j'aurais posé mes lèvres sur les tiennes, mêlé tes larmes à ma salive. Au lieu de ça, j'étais coincé dans cette chambre, à des centaines de kilomètres, avec cet écran de téléphone qui me narguait dans le noir. J'ai écrit : « Je peux t'appeler ? » « Tu es sûr ? » Oui mon amour, j'étais sûr. Entendre ta voix c'était le seul moyen de te toucher, un peu.

Tu as décroché sans que ça sonne. J'entendais ton souffle, il me semblait court, humide. On est restés comme ça, et puis tu as parlé, longtemps. Allongée près de moi, tu chuchotais à mon oreille. Tu t'es apaisée. À 3 heures du matin, tu as retrouvé ta voix habituelle pour me demander si j'étais toujours là, vu que tu m'avais entendu ronfler. On est partis dans un fou rire, c'était un peu nerveux, on n'arrivait plus à s'arrêter. Et puis, dans un souffle, l'air de rien, tu m'as dit : « Je t'aime, je raccroche, allez, fais de beaux rêves. » Je me suis effondré, jusqu'à midi le lendemain. Aucun rêve. Juste l'impression d'avoir vécu mille ans en une nuit.

Il y en a eu d'autres, mon amour, des nuits comme ça, et de plus belles encore.

Et je ne les ai pas rêvées.

Bientôt, je t'enverrai ces lettres.

Je t'aime.

Edgar

[TESSA]

Lundi 5 avril 2021

Fini le centre, bon débarras.

Je ne suis pas encore de retour à l'internat, ni sur les skis, mais c'est une étape. Une chose après l'autre. Une course après l'autre, ne pas anticiper, prendre chaque *run* comme il vient, sans se projeter dans le suivant.

Papa va rester ici le temps du confinement. J'apprends de nouveaux mots : télétravail, présentiel, distanciel, Zoom, Teams, *call*. Ça marche une fois sur deux, papa déteste et me raconte qu'il coupe sa caméra pour marcher de long en large et chasser les fourmis dans ses jambes. J'imagine que j'ai fait comme lui l'année dernière.

Papa et moi, on est pareils. On laisse les mêmes traces de dentifrice sur le rebord du lavabo et nos placards sont pleins de fringues roulées en boule. Si on ne se dépense pas deux heures par jour, on devient des dragons en cage mais on peut passer deux heures à fixer la mer, hypnotisés par le va-et-vient des vagues.

Il ne faudrait pas qu'on reste trop longtemps à Rennes. Je suis partie il y a trop d'années, je connais plus personne, j'ai rien à faire là. Quatre ans que maman est revenue vivre ici. Avec papa, on vient de temps en temps, jamais en été, encore moins en hiver. Rennes, c'est la saison morte, les vacances de la Toussaint, deux jours à Noël pour voir la famille d'ici, deux-trois week-ends au printemps, et encore, on s'échappe à Saint-Malo.

Mais depuis hier, Journal, c'est bizarre, j'ai des souvenirs qui reviennent. Mon école rue d'Antrain, la cour minuscule entre deux immeubles, le bruit sous le préau bondé, maman qui m'attendait à la sortie en parlant avec d'autres parents, et moi qui jouais au funambule sur le bord du trottoir. Léa, Amir, Jade, Seydou, je ne vois plus leurs visages, juste leur couleur, blanche, marron ou beige.

Avec Léa, on avait dit qu'on s'écrirait, on s'est envoyé deux-trois messages sur les portables de nos mères et puis on a arrêté.

J'avais trop à faire en CM2, dans ma nouvelle école. Apprendre tous ces nouveaux prénoms, jouer au foot dans la cour immense, faire le poirier sur le carré d'herbe. Et puis, quand l'hiver est arrivé, skier. Papy avait réussi à m'inscrire au club, c'était un privilège, fallait que je fasse mes preuves. Suffisait pas d'être la plus grande de la classe, la plus lourde. Suffisait pas d'avoir ma flèche de bronze, d'avoir gagné la course de l'école de ski.

J'étais la dernière à tous les chronos. Systématiquement. Et puis j'étais la Bretonne, je n'étais pas à ma place, je répétais que ma mère était née ici mais ça ne servait à rien. Il valait mieux se taire. Encaisser. Et s'entraîner. Le soir, impossible de dormir, je me repassais tous les virages, un par un, papa revenait une fois, deux fois, trois fois pour me dire d'arrêter de sauter dans mon lit.

Tous les week-ends, papa et moi, on se levait une heure plus tôt, pour faire des exercices et des assouplissements avant de prendre le car. J'avais tout le temps faim, en rentrant de l'école, je mangeais des petits pois et des œufs. J'ai pris dix centimètres en un an.

Quand la maîtresse a parlé de sport-études pour le collège, j'y croyais pas vraiment. Mais l'entraîneur a dit que j'avais bien bossé, que c'était possible. Un soir de mai, papa est venu me chercher à l'école et m'a tendu son téléphone. J'ai écouté le message. J'étais prise. On a hurlé de joie, et deux minutes après, on a pleuré en pensant que je devais aller à l'internat.

On serait séparés. Finies nos soirées tous les deux devant la télé, ses pâtes carbo, nos lectures de BD, les devoirs de maths qui passaient tout seuls avec lui. On n'aurait plus que les week-ends, et encore, hors saison. Mais il serait là, dans le car, et en bas de la piste, avec son chrono et son appareil photo, ses bras autour de moi et sa barbe dans mon cou.

Maman a eu l'air contente pour moi quand elle a appris la nouvelle. Elle a souri, ça a fait un drôle de pli, au coin de sa bouche. Peut-être parce que je ne me souvenais plus vraiment de la forme de son sourire, ça faisait trop longtemps.

Allez, j'arrête, je sais pas ce qui me prend, Journal, je devrais pas remâcher ça.

À demain.

JOUR 51

[EDGAR]

Mardi 6 avril 2021

Tessa,

Ce matin, j'ai zappé les visio. Nosca m'a rappelé direct : je lui ai raconté que j'avais de gros problèmes de connexion, il est habitué. Il sait que je bosse, il me laisse tranquille. Léon m'a dit que tu étais là, que tout le monde t'a applaudie. Il m'a dit que tu étais en forme, comme avant l'accident, et plutôt pas mal avec tes cheveux courts.

On revient un an en arrière et tout le monde fait semblant. Semblant de trouver ça marrant de se retrouver enfermés chez les parents, sans pouvoir s'entraîner et skier, même en rando. Moi, j'étouffe. Et en même temps j'ai envie que ça dure, parce qu'à la fin, on va devoir se revoir, toi et moi, et je ne sais pas ce qui va se passer.

L'année dernière, la sortie du confinement me faisait flipper aussi. C'était quitte ou double, le début ou la fin de notre histoire. La date approchait et j'écrivais des scénarios différents : un jour, tu te jetais dans mes bras au lycée et m'embrassais devant tout le monde. L'autre, on se taisait et on se retrouvait en cachette. D'autres fois encore, tu marchais directement vers moi en m'annonçant que je n'avais pas intérêt à raconter tout ça. Ou alors tu m'ignorais, totalement. Ghosté.

En mai, on a eu le droit de sortir, mais le lycée ne rouvrirait qu'en juin. Mon père avait préparé le matos. Des jours qu'il en parlait : la dernière rando de la saison, ensemble, pour oublier ma chute et repartir sur de nouvelles bases. La neige de printemps serait lourde mais, le matin, on avait encore une chance que ce soit correct.

Les premiers gestes sont revenus très vite : la marche puis la montée en peaux de phoque. On ne disait rien, concentrés sur nos sensations et un peu essoufflés par le manque d'entraînement. Pas besoin de se parler pour communier dans ces moments-là. On retrouvait nos codes, une fusion entre nous, perdue depuis l'accident et le confinement.

Arrivé au premier col, j'ai regardé en bas. Le sol est devenu liquide, je glissais, aspiré par le noir. J'ai crié, mon père m'a attrapé le bras, j'étais en train de m'effondrer. Il m'a secoué, m'a assis, m'a donné à boire. Il m'a dit de regarder le sommet. J'obéissais mais je n'avais qu'une envie et qu'une peur : regarder en bas. C'était pourtant notre petite rando tranquille habituelle, sans aucun danger. Mais je ne pouvais plus. Jambes coupées, bourdonnements, souffle court. Mon père a dit « On fait demi-tour », j'ai senti la déception dans sa voix, j'avais envie de crier, de me redresser et de me jeter dans la pente mais j'étais paralysé. On a mis un temps infini à redescendre, en suivant nos traces. Je sentais, dans ma poche, mon portable vibrer : « Alors, ce sommet, vas-y, envoie les photos, allez ! » Puis : « Tu captes pas ? Ça va au moins ? » Puis : « Réponds dès que tu peux, qu'est-ce qui se passe ? » En bas, je t'ai répondu que ma batterie s'était vidée à cause du froid. Tu ne m'as pas cru.

Tu as attendu la nuit pour m'appeler. J'ai mis une demiheure à cracher le morceau. Tu ne comprenais pas. Tu voulais prendre un train pour me voir, tant pis pour la règle des 100 kilomètres, tu voulais qu'on remonte là-haut ensemble. Moi, rien que d'y penser j'avais la tête qui tournait. Mes parents ont pris ça au sérieux, j'ai refait des examens, tout allait bien, c'était une conséquence psychologique de l'accident, pas une séquelle du trauma crânien.

J'étais amputé. Comment, moi, je pouvais avoir le vertige ? De l'ADN de montagnard plein les veines. Sur les skis dès que j'ai su marcher, la tétine dans la bouche et le doudou dans la poche. Tous les mercredis, les samedis et les dimanches d'hiver, sous la pluie en décembre, par -20 degrés en janvier, sous le cagnard d'avril. La section ski du collège en ligne de mire, les entraînements, les compètes. Les randos avec mon père, les randos seul. Si je n'avais plus ça, il me restait quoi ?

Je ne t'ai rien dit de tout ça. J'ai commencé à moins t'écrire, je ne trouvais plus les mots. Si j'étais incapable de remonter sur des skis, qu'est-ce qu'on partagerait quand on se reverrait ? Notre amour n'était fait que de papier. Factice. Inventé.

Il valait mieux qu'on ne se revoie pas.

J'ai commencé quelques brouillons de lettres de rupture, je les terminais en pleurs. Voilà ce que j'étais devenu : une loque incapable de skier et d'écrire.

Toi, tu me bombardais de blagues, de mots doux, de vidéos débiles. Tu terminais tes messages par un compte à rebours. Tu essayais de me sortir la tête de l'eau. Je n'avais qu'une envie, couler.

Un matin, j'étais en train de répondre à ta question « Tee-shirt blanc ou tee-shirt vert ? » pour le premier jour au lycée. J'avais mon casque, je n'ai pas entendu la sonnette, ma mère a frappé à ma porte en disant : « Quelqu'un pour toi. »

Tu étais là, tu riais, en tee-shirt vert et blanc, j'ai sursauté, bafouillé « Entre ». Ton père attendait dans la voiture, ma mère l'a invité à prendre un café. Toi, tu avais toujours ton petit sourire en coin, l'air de dire « je t'ai bien eu ». Ma mère est venue à mon secours, elle est sortie montrer son potager à ton père.

Assis chacun d'un côté de la table, on attendait que l'autre fasse le premier pas. Tu as haussé les épaules, ton sourire s'est figé, et ton regard s'est mis à flotter. J'ai sauté sur un morceau de papier qui traînait là, fouillé un tiroir pour un crayon, écrit « On s'embrasse ? » et fourré le papier dans ta main. Tu l'as lentement déplié.

J'ai senti la chaleur de ton corps bien avant que tu sois contre moi, tu as penché ta tête, jeté un œil vers la fenêtre pour vérifier que nos parents étaient bien en train de s'extasier sur les salades, et, dans un fou rire, tu as posé tes lèvres sur les miennes. C'était inédit et familier, ni une révélation ni une déception, c'était juste différent de tout ce que j'avais imaginé, c'était juste réel.

Tu ne m'as jamais dit ce que tu avais ressenti. Il y a eu tellement d'autres baisers depuis. Cet instant-là n'existe plus pour toi, ceux qui ont suivi non plus. Il ne reste que mes sensations et mes pauvres mots qui n'arrivent pas à les décrire.

Depuis des jours, je m'acharne à faire revivre notre histoire, mais je me débats seul, sans arriver à t'envoyer les lettres, sans te laisser une chance de débarquer à ma porte, l'air de dire « je t'ai bien eu ».

Je t'embrasse,

Edgar

[TESSA]

Mardi 6 avril 2021

Aujourd'hui, les cours ont repris, en visio. Le premier, c'était maths avec Nosca, que j'avais déjà en seconde.

J'ai découvert mon ordinateur, l'ancien de maman, qu'elle m'a donné à la rentrée de première. On a regardé ensemble l'ENT, mes notes, mes devoirs, mes cours. Maman prend sur elle mais je sens qu'elle flippe. Elle a peur que je redouble, mais moi je suis sûre que je vais rattraper mon retard. On verra pour le bac de français en juin, il y aura de toute façon une session de remplacement pour les cas comme moi.

Non, ce qui m'inquiète, c'est comment je vais rattraper mon niveau à ski. Il faut que je reprenne la préparation physique. Maman a retrouvé un carnet où j'avais noté tous les exercices que je faisais pendant le confinement. Jogging, squats, pompes, abdos, tractions, développés, haltères, tout est noté à la minute près. J'ai dû y passer au moins quatre heures par jour pendant deux mois. Si c'était pas moi, je serais grave jalouse de la fille capable de faire ça.

J'ai regardé mes vidéos préférées de l'époque, dans l'historique de l'ordinateur. Des mecs bodybuildés, des filles super-fit. Et aussi les danseuses et les danseurs de l'opéra de Paris. Je suis restée longtemps bloquée sur un montage, où on en voit une en peignoir, une autre danser avec sa petite fille, d'autres dans la cave, sur leur balcon, à leur fenêtre. Ça se termine par une liste de remerciements au personnel des hôpitaux et des supermarchés. Trop beau, j'en aurais chialé. Maman m'a dit qu'il y en a plein, des comme ça. Des vidéos disaient qu'il fallait changer le monde, inventer le « monde d'après ». Elle a la voix qui tremble quand elle parle de ça. Ils ont dû y croire un moment.

Peut-être que c'est là que j'ai commencé à m'intéresser à l'actu ? Depuis l'accident, je regarde les infos. Avant, j'aurais jamais fait ça, l'info, c'étaient les dernières vidéos des X Games et les résultats des compètes. Maintenant, j'ai besoin de comprendre ce que tout le monde a vécu depuis un an. Mais même en regardant des heures de vidéos, je crois que je ne saurai jamais vraiment. Et puis, je vais pas te mentir, Journal, si je ne regarde plus de vidéos de ski, c'est aussi parce que ça fait mal. Mal de voir tout le monde s'éclater, mal d'imaginer le vent qui siffle dans leurs oreilles et le glissement de leurs skis sur la neige. Et mal de pas savoir si je peux encore gagner.

Pour arrêter d'y penser, j'ai effacé l'historique. Autant repartir à zéro. C'était l'heure de la visio, j'ai arrangé mes cheveux devant la caméra, j'aime bien ma nouvelle coupe courte. Le cours a démarré : les yeux charbon de Gil, les joues rondes de Kilian, les tresses d'Hortense, les bouclettes de Jo sont apparues en mosaïque sur l'écran. Ils étaient pareils mais différents. Plus vieux, quoi.

Leur tête quand ils m'ont vue ! Je les avais pas prévenus. Et après, il s'est passé un truc de ouf, Journal, tu vas pas me croire. Ils m'ont applaudie. Tous. Même le prof. J'en aurais chialé encore. Alors j'ai fait ma badass, le V de la victoire et tout le monde a éclaté de rire, puis Nosca a pris la parole pour dire qu'il était bien content de me revoir en forme mais que c'était pas une raison pour ne pas s'attaquer aux suites numériques, et là, j'ai pas compris grand-chose, j'avoue. Avec Gil, on échangeait des messages en parallèle, on a bien déliré. Elle me manque, je voudrais la voir en vrai, je dors trop, je rate la moitié des échanges, et quand je me réveille, il y a des kilomètres de messages à rattraper. J'ai l'impression d'être à la ramasse, tout le temps, de ramer pour remonter, d'être lente.

J'ai tenu toute l'heure de maths mais après j'étais épuisée, j'ai séché le cours d'histoire. Il faisait trop beau, j'ai décidé de sortir. Maman m'a rattrapée *in extremis* pour me refiler un masque, un panier et une attestation de déplacement. J'hallucine. Tout le monde a l'air de s'être résigné à ça, depuis un an, ils sont habitués. Maman dit que c'est moins pire, que cette année les librairies sont ouvertes, que les gens ont le droit d'aller au travail. Ils ont le choix, et le télétravail, c'est bien, ça nous permet d'être réunis. Je réalise que l'année dernière, on a passé plus de deux mois ensemble à l'appartement. Ça ne nous était pas arrivé depuis sept ans. Dommage que je m'en souvienne pas, ça devait être marrant… (Humour, Journal !) Au moment où je claquais la porte, maman a lancé : « Et si on allait se promener toutes les deux ? » J'ai dû faire une tête pas possible, parce qu'elle a tout de suite enchaîné : « Ah non, c'est vrai, j'ai une visio dans dix minutes. » J'ai détalé.

Le soleil brillait mais la ville était grise, les magasins fermés, les terrasses vides. Les gens marchaient vite, masques sur le nez, ou attendaient dans des queues à rallonge, les yeux rivés au portable, devant des tentes de tests Covid. Par terre, des masques, des gants qui traînaient.

J'ai eu besoin de vert, de bleu, j'ai filé vers le canal. Sur les berges, enfin, quelque chose ressemblait au monde d'avant. Des petits groupes, masques sur le menton, assis par terre, se parlaient et écoutaient de la musique. Peut-être que cette fille avec un piercing sur le nez et les cheveux verts, c'était Léa ? Peut-être que ce grand noir avec son blouson bleu, c'était Seydou ? Impossible de les reconnaître, et puis qu'est-ce que j'aurais pu leur raconter ? Que j'étais devenue une championne de ski ? Ou un légume incapable de se souvenir de ce qu'elle avait fait la veille ?

J'ai marché longtemps, j'avais dépassé l'horaire sur l'attestation mais pas grave, maman m'avait expliqué comment en refaire une en ligne. Beaucoup d'immeubles sont en construction le long du canal, les dernières petites maisons qui restent sont recouvertes de panneaux contre la destruction du quartier. J'ai dépassé un bâtiment en ruine, tout tagué, juste avant le passage sous la rocade. Il me restait encore trop de kilomètres pour trouver la nature.

J'ai eu un gros coup de barre, j'avais la tête qui tournait, envie de dormir. J'ai sorti mon portable : Gil prenait de mes nouvelles, Jo m'envoyait une photo de sa fenêtre, les sommets encore tout blancs au-dessus du nuage de pollution de la vallée.

Je suis rentrée à l'appartement.

Maman avait fait des crêpes. Je sais pas si elle en avait déjà fait une fois dans sa vie. La pâte était ratée, les crêpes, on aurait dit du carton, on a rigolé.

Je te le dis, Journal, il faut pas que je traîne trop longtemps ici.

JOUR 52

[EDGAR]

Mercredi 7 avril 2021

Tessa,

Ce matin, je suis revenu en cours sans allumer ma caméra, je voulais te voir. Cheveux courts, teint pâle, tu as changé.

Léon s'inquiète pour moi. Il ne comprend pas pourquoi tout le monde fait comme si notre histoire n'avait jamais existé, trouve que la psy de l'hôpital exagère, que je devrais tout te dire, que tu es forte, capable d'encaisser ça. Il dit que je devrais prendre un train pour Rennes ce week-end, avec une attestation bidon, pour venir te voir, comme tu l'avais fait l'année dernière. Il ne sait pas pour les lettres. Ni les premières ni celles-ci. Il pense qu'on a échangé par messages, comme les autres, pendant le confinement. Personne ne sait, parce que personne ne me connaît vraiment. Personne n'a deviné que j'écris, depuis tout petit, des pages et des pages de poèmes, de pièces de théâtre, de récits d'aventures. Raconter ça, c'est tomber le masque, celui du sportif, du champion, focalisé sur le ski. Ce serait presque pire que de raconter le vertige après mon accident. Il n'y a que toi qui sais. Ou plutôt qui savais.

Et il n'y a eu que toi pour me relever. L'année dernière, en juin, j'ai séché la première semaine de lycée. Tu me racontais les masques cousus dans de vieux torchons par les grands-mères ou les croix dans la cour des écoles maternelles pour respecter les distances. Ça te faisait marrer. Retrouver ta bande, c'était le bonheur pour toi, vous aviez même prévu une soirée de fin d'année chez les parents de Gil, qui laissaient leur maison pour le week-end. J'ai eu peur que tu ne t'intéresses plus à moi. Plus je fuyais les autres, plus tu m'y ramenais, tu leur parlais de moi, demandais aux profs de me téléphoner, poussais Léon à venir me voir. Au bout d'une semaine, je me suis senti ridicule. Il suffisait de se laisser porter.

Quand je suis arrivé, ce matin-là, j'ai vu tes yeux rire au-dessus de ton masque, tu m'as pris la main, et m'as fait traverser la cour du lycée, comme si c'était notre habitude. Les autres ont souri, attendris peut-être, ou moqueurs, mais je m'en foutais.

La soirée chez Gil, je m'en souviens à peine. Je te regardais danser et rire, tu essayais de m'entraîner d'un baiser, je résistais, tu t'échappais, revenais. Tu nous aimantais, tous, filles et garçons, le monde était en orbite autour de toi. Le lendemain, je me suis réveillé sur un matelas, tu dormais, la tête sur mon épaule, tes paupières tressautaient, tes lèvres bougeaient, j'ai eu peur, tout à coup. Trop d'alcool, aucun souvenir, et si on avait fait l'amour cette nuit-là ? Tu as éclaté de rire : vu mon état, j'aurais été incapable de faire quoi que ce soit !

En juillet, le stage d'été a été annulé, mais mon père nous a emmenés, toute ta bande, Léon et moi, faire le tour du mont Blanc. Tu étais surex, moi beaucoup moins à l'idée de te partager H24 avec tout ce monde. Dès le deuxième jour, on a marché en tête, seuls tous les deux. Nos muscles bougeaient en rythme, nos souffles s'accordaient. Tu passais devant, tu disais que tu aimais me parler comme ça, sans me voir. Tu voulais que je te raconte mon enfance, tu aurais tellement voulu vivre ça, naître dans une famille de montagnards, apprendre à marcher et à skier en même temps, faire des bonshommes de neige et des igloos dans le jardin, ne pas pouvoir aller à l'école parce que la route était coupée. Un hiver, une avalanche avait emporté des fils électriques en dessous de notre chalet. On s'était débrouillés pendant deux jours sans courant, avec la cheminée et des bougies. J'avais pleuré au début parce que je ne pouvais pas regarder mes dessins animés, on avait joué à des jeux de société et dormi tous les trois sur le canapé déplié devant le feu. Tu disais « Encore », comme une petite fille, et j'adorais ça.

Aux passages aériens, aux cols, aux sommets, dès que le vertige arrivait, tu prenais ma main, m'ordonnais de fixer tes semelles et me guidais si vite hors de l'obstacle que je me demandais parfois s'il avait existé.

Quand on était sûrs d'avoir un peu d'avance sur les autres, on trouvait un chemin, un gros rocher ou un bosquet de sapins pour se cacher. Je commençais par embrasser ton cou, humide et chaud, sentais ton artère battre contre mes lèvres, puis remontais le long de ta joue, effleurais ton nez, attrapais ta langue au vol, plongeais la mienne dans ta bouche. Le soir, dans le dortoir du refuge, tu posais ta tête sur ma poitrine et je n'osais pas bouger, de peur de te réveiller.

Un jour, arrivés avec une heure d'avance au refuge, on a suivi un chemin menant à un ruisseau, un filet d'eau glacée entre des rochers moussus. On a commencé par se tremper les pieds, puis tu m'as aspergé, j'ai riposté, tu as crié « Concours de tee-shirt mouillé » et t'es précipitée sur moi, fraîche et trempée. Tes cheveux étaient parsemés d'épines, ta bouche avait le goût de la résine de pin. Tu as enlevé ton tee-shirt, dégrafé ton soutien-gorge. On aurait dit une nymphe sortie d'un tableau, j'en avais vu un comme ça, une fois, dans un musée. J'ai retiré mon tee-shirt, plaqué ma poitrine contre la tienne, nos langues se sont mêlées, nos mains ont exploré nos dos, nos ventres, nos tétons. Tes hanches sont venues s'emboîter aux miennes, j'ai glissé mes doigts dans ta culotte.

Ton sexe était humide et chaud. Tu m'as guidé vers un rocher, tu t'y es adossée. Tu m'as demandé de fermer les yeux, j'ai entendu ton pantalon glisser le long de tes jambes. Ta main a caressé mon sexe, doucement, je ne savais pas ce que tu voulais, j'ai voulu te demander mais tu m'as dit : « Chut, laisse-moi faire, tu aimes ? » J'ai failli exploser, j'ai ouvert les yeux, tu avais gardé les tiens fermés. Je me suis concentré sur des détails : une fourmi, un morceau de lichen, un galet posé en équilibre. Tu m'as guidé en toi. Tu savais. Tu avais déjà fait l'amour, tu me l'avais dit. Tes jambes se sont enroulées autour des miennes, ton bassin ondulait, déployait des vagues de chaleur autour de mon sexe. Tu as commencé à haleter, puis tu as poussé un cri bref, j'ai compris que tu avais joui. Ta main a repris mon pénis et j'ai laissé mon sperme se répandre en perles blanches sur la mousse. On est restés comme ça un peu, puis tu as rigolé à cause des marques que la pierre avait imprimées sur tes fesses. Et tu as murmuré : « Demain, fais-moi penser à sortir les capotes de ma trousse de toilette. » Tu avais tout prévu. On a ri en pensant qu'il ne fallait pas se tromper de poche au moment du goûter avec les autres.

Notre première fois, ma première fois, suivie de toutes les autres, cette semaine-là. J'aurais dû les écrire au fur et à mesure, pour n'oublier aucun détail. Comme ce jour où j'ai osé passer lentement ma langue sur ta vulve et senti ses pulsations contre mes lèvres. Ou celui où nous avons joui, ensemble, mon sexe enfoui profondément en toi, ton corps en arc au-dessus du mien, ton cri jeté au ciel, aux nuages et aux oiseaux.

Ce soir je retrouve ton goût salé sur ma langue, ton souffle dans mon oreille, ton sillon humide sous mes doigts.

Je t'aime, de tout mon corps,

Edgar

[TESSA]

Mercredi 7 avril 2021

Journal, je commence à en avoir marre de te parler. Tu réponds jamais, c'est abusé… J'ai bien envie de te laisser tomber. J'ai besoin de vrais gens, maintenant, et de nature, d'air, de vent, de soleil, de neige. Ce matin, je suis allée courir au Thabor, après les visio. Ce parc est vraiment naze avec ses allées bien peignées, ses pelouses tondues, ses fleurs si colorées qu'on dirait des fausses.

Pendant mes étirements, j'ai observé les gens. Un couple d'amoureux était allongé sur l'herbe, jambes entrelacées, mains baladeuses, bouches soudées. Ça m'a donné envie, d'un coup. C'était quand la dernière fois qu'on m'avait embrassée ? Pas les bisous baveux de Mamie, les collants de papa ou les pointus de maman, non, une vraie langue ?

Je suis rentrée vite fait, mon jogging frottait doucement entre mes cuisses. Bon, Journal, je vais pas te faire un dessin, t'as compris. Après, ça allait mieux, j'ai fait une petite sieste et je me suis déchaînée par messages. J'ai bombardé le groupe en mode : « Vous me racontez qui vous avez pécho dernièrement, ordre de la psy pour que je retrouve le moral. »

Jo : « J'ai tenté une approche avec une fille de seconde. Rien. »

Moi : « Facile pourtant, t'as merdé ? »

Jo : « Complètement, j'ai éternué dans mon masque pendant que je lui parlais, après j'en avais partout, je me suis cassé vite fait, j'ai pas osé lui reparler depuis… »

Gil : « Elle était pourtant pas canon, elle devait avoir faim… »

Jo : « Bitch ! »

Moi : « Et toi Gil ? »

Gil : « Je te raconterai rien qu'à toi. »

Kilian : « Tu parles, elle a rien à dire ! »

Gil : « Sûrement plus que toi. »

Kilian : « Moi, madame, je t'annonce que j'ai pécho en ligne, pas plus tard qu'hier soir, une magnifique Lilou35 qui n'attend que la fin du confinement pour me faire goûter en vrai ce qu'elle m'a montré… »

Moi : « Mais bien sûr. Et toi Hortense ? »

Hortense : « Moi tu sais bien que depuis que tu veux plus, il se passe rien ! »

Moi : « Encore cette vieille histoire ? Un baiser, une fois, dans une soirée, pour voir, et tu en es encore là ! »

Hortense : « Jamais je ne t'oublierai, depuis, toutes les meufs que je croise me font le même effet que Jo sur une élève de seconde… »

Moi : « T'inquiète, on va se revoir bientôt, peut-être que j'arriverai pas à résister cette fois… »

Hortense : « Me dis pas ça, je vais plus dormir, ça y est, j'en peux plus, je vous laisse… »

Jo : « Vous dites si on vous dérange ? Ou alors on peut mater ? »

Kilian : « Le gros relou de retour… »

Moi : « C'est bon de vous retrouver, vous me manquez trop. »

Gil : « Tu reviens quand ? T'es obligée de rester à Rennes ? »

Moi : « Je sais pas. J'ai des rendez-vous, vous savez, chez les oufs. »

Gil : « Dis pas ça. »

Moi : « Ouais, c'est pas drôle, c'est vrai. J'aurais pas dû parler de ça. »

Jo : « En parlant de ouf, qui a compris un truc au cours de Nosca ce matin ? »

Moi : « Moi, ça risque pas ! Je vous laisse, je vais raconter tout ça à la psy. »

Hortense : « N'oublie pas de lui parler de moi, je suis sûre que ça te ferait du bien, réfléchis… »

Évidemment, Journal, je n'ai pas parlé d'Hortense à la psy. Je lui ai dit ce qu'elle voulait entendre : je me sens de mieux en mieux, j'en ai marre d'être enfermée, je veux retrouver mes potes. J'ai repris l'entraînement physique, je suis le programme de mon carnet, enfin, j'essaie. J'en fais pas le quart et je m'effondre, mais c'est pas grave, comme dirait Tomate, ma marge de progression est énorme, du coup.

Quand la psy a parlé des parents, mon « Ça va, c'est tranquille » a semblé lui suffire. Je ne lui ai pas dit que maman se lève à 5 heures du mat' tous les jours, entrouvre ma porte, me regarde et repart. Ça me réveille, alors que j'avais besoin d'un réveil en mode corne de brume avant. Maman me demande vingt fois par jour si ça va. Je la surprends parfois à m'observer, comme si elle espérait une révélation, un truc qui déclenche mes souvenirs. À moins qu'elle surveille qu'un vaisseau ne pète pas dans ma tête. Je lui ai pas dit non plus, à la psy, que papa en fait des caisses, tout content de s'entraîner avec moi parce que sa salle est fermée. Il fait semblant d'être essoufflé en même temps que moi, il demande à faire une pause alors que je sais qu'il peut continuer. Mais bon, il a arrêté de tester de nouvelles recettes tous les soirs pour revenir à son basique galette-croque-monsieur-pizza, c'est déjà ça.

Ce soir, j'ai mis les pieds dans le plat : la semaine prochaine, c'est les vacances, on pourrait pas retourner dans la vallée ? Ils se sont regardés, papa a voulu dire quelque chose mais maman lui a coupé la parole : « C'est une bonne idée de revenir à la vie norm... la vie d'avant. »

Je sais pas si ma vie d'avant était normale. En fait, si, je sais, elle était pas normale.

Au collège, c'était pas normal de pas voir maman en bas des pistes, avec papa, les jours de compètes. C'était pas normal de devoir la réveiller, à 5 heures de l'après-midi, pour qu'elle prenne le goûter avec nous le dimanche. C'était pas normal les silences, longs, au téléphone, moi depuis l'internat, elle depuis sa maison de repos. C'était pas normal ce moment où papa a déposé, sur ma table de chevet, un paquet de serviettes hygiéniques parce qu'il avait trouvé une culotte tachée dans le linge sale. C'était pas normal de plus me souvenir du rire de maman, depuis qu'on avait déménagé dans la vallée. C'était pas normal, qu'elle soit pas là, et aussi qu'elle soit là comme ça.

Depuis qu'elle est revenue vivre à Rennes, c'est pas normal, pour un couple pas séparé, de vivre à des centaines de kilomètres. C'est pas normal de la voir que quelques week-ends par an, juste aux vacances. Mais c'était ma vie d'avant. Et elle me plaisait, Journal. J'ai envie qu'elle recommence.

Allez, finalement, j'ai encore des trucs à te dire, je te laisse pas encore tomber, à demain.

JOUR 53

[EDGAR]

Jeudi 8 avril 2021

Tessa,

Aujourd'hui, j'ai séché tous les cours. Mon père et ma mère en même temps absents de la maison, ce n'est pas arrivé depuis des mois, j'en ai profité. C'était le moment de retrouver la montagne sans skis, juste une petite rando, à pied. Il y avait encore pas mal de neige, je ne suis pas allé très loin, j'avais juste besoin de respirer avant de me replonger dans l'ambiance de la rentrée 2020, en première.

On avait vécu tout l'été en pensant le virus derrière nous, et la rentrée s'est faite à peu près normalement, sauf les masques. Cet automne-là, on a été les rois du monde, toi et moi. Physiquement, on avait passé un cap. Nos exercices du printemps, notre tour du mont Blanc avaient développé nos muscles, boosté nos globules rouges. Au gymnase, certains avaient décroché pendant le confinement, d'autres s'étaient ramollis, d'autres encore n'avaient plus envie. Une fille de la classe n'est pas revenue : phobie scolaire. Je te voyais lui envoyer des messages pour tenter de lui remonter le moral. Tu ne pouvais pas sauver tout le monde.

Aux yeux des autres, on était devenus un couple. Ça te faisait marrer, moi pas. J'aurais voulu qu'on reste cachés. Sentir tous ces regards braqués sur nous, je détestais ça, même si je savais que tu ne racontais rien. Les soirées te manquaient, mais tu avais décidé de ne plus y aller, tu avais peur d'attraper le virus et de le passer à tes grands-parents. Ça m'arrangeait bien.

Les cas de Covid ont commencé à monter, au lycée, des classes ont fermé. Je lisais les infos tous les jours, je ne te l'ai jamais dit, mais j'espérais que le lycée ferme, que je puisse t'écrire à nouveau, qu'on se voie en cachette. J'étais sûr de pouvoir faire mieux, bien mieux que la première fois.

La semaine, on était tout le temps avec les autres, ou chacun dans notre internat. On s'échappait parfois pour une balade, mais difficile de s'isoler, et nos baisers avaient toujours un goût de trop peu. Heureusement, il y avait les week-ends. Entre les entraînements et les devoirs à rendre, on passait nos nuits à s'envoyer des messages.

Un soir, ma mère m'a dit que tu pouvais venir dormir à la maison si tu voulais. Elle pensait bien faire, jouer les mères sympas. Rien que de t'imaginer nue dans mon lit avec mon père à côté, je savais que j'allais débander direct. Et puis je voyais le temps rafraîchir, les feuilles tomber, les pluies d'octobre devenir de plus en plus froides. Bientôt, les premières neiges tomberaient et il faudrait remonter sur les skis. Tu avais tellement hâte et moi tellement peur.

La peur a changé de camp à la mi-octobre, on parlait de reconfinement, j'ai vu la panique dans tes yeux. Un jour, tu m'as dit que tu ne supporterais pas de retourner à Rennes, même si on allait s'écrire, même si ça durerait sûrement moins longtemps. Tu ne pouvais pas revivre ça.

Le 28 octobre, c'étaient les vacances, tu étais devant la télé avec tes parents à Rennes, pour regarder Macron faire son annonce. Moi je suis resté dans ma chambre à écouter de la musique. Je n'avais pas envie de savoir. Tu m'as appelé, joyeuse : ce n'était pas un vrai confinement, les cours reprendraient normalement après les vacances, les compétitions et les entraînements seraient maintenus. Et même, peut-être, les stations de ski rouvriraient.

Ta joie m'a fait mal.

Je savais ce qui m'attendait. Tu me verrais incapable de skier, de me battre pour retrouver mon niveau. Et cela signerait la fin de notre amour.

Je me trompais.

À demain,

Edgar

[TESSA]

Nuit du jeudi 8 au vendredi 9 avril 2021

3 heures du mat', je dors pas.

L'ergo est une salope. Elle veut que je retourne au centre.

Elle a appelé maman juste après la séance d'aujourd'hui, j'étais en train de rentrer à pied. Quand je suis arrivée, maman a interrompu direct sa visio et elle a débarqué dans ma chambre. J'ai eu peur. Pour qu'elle s'arrête de travailler comme ça, j'ai cru qu'il était arrivé un truc à Papy ou Mamie.

Fallait qu'on parle. Elle sait pas faire. Elle a jamais su faire. Elle essaie, pourtant, mais c'est comme si elle avait un verrou au coin de la bouche. Elle a fini par cracher le morceau : l'ergo est inquiète, elle me trouve confuse, fatiguée, la mémoire immédiate ne revient pas bien, je compense (t'as fait combien d'années d'études pour t'apercevoir de ça ?) et ça me fatigue beaucoup. Je serais mieux au centre, je pourrais me reposer, la reprise des cours devrait se faire progressivement, j'ai besoin d'un « environnement favorisant la réadaptation ».

Comment maman a pu avaler ça et me le recracher ? Après les années de dépression, de cachetons, les séjours en maison de repos ? Elle a réussi à s'en sortir en arrêtant les hostos, en rentrant à Rennes. C'est là qu'elle était bien. Et moi, je devrais retourner au centre ?

Elle comprend rien. Personne ne comprend rien.

Je me suis barrée en courant, maman n'a pas essayé de me retenir.

Au bout de dix minutes, j'ai appelé Gil. Je continuais à courir, elle voulait que je m'arrête, elle n'entendait pas, entre le souffle coupé, les larmes et les bruits de la ville. Mais je m'en foutais, je voulais juste que ça se déverse. Gil a écouté : je veux pas être comme ça, je veux pas être ici, je veux pas être fragile, malade, fatiguée, diminuée, faible, une loque, une merde, je veux pas pleurer, gémir, me plaindre, je veux pas de votre pitié, de votre attention, je veux pas être soignée, écoutée, réconfortée, je veux pas.

Au bout de je sais pas combien de temps, Gil m'a dit de retourner parler à maman. Elle était d'accord avec moi. Pour aller mieux, il fallait que je retrouve la montagne, le ski, l'internat, mes potes. Simple. Basique.

Je suis revenue, j'ai foncé dans la douche, j'avais besoin de réfléchir. J'ai laissé l'eau chaude couler longtemps, tant pis pour la planète. Quand je suis sortie de la salle de bains, papa et maman étaient à la cuisine. La table mise, le repas prêt à être servi. J'avais pas faim. Papa a ouvert la bouche mais je l'ai arrêté direct : « Non, c'est moi qui parle. Vous pensez savoir, tous, ce qui est bon pour moi. Les médecins, les ergos, les psys, vous. Mais personne n'est dans ma tête. Personne sait ce qui se passe là. Que moi. Et il n'y a que moi qui sais ce qui est bon pour moi. Ça fait sept ans que c'est comme ça et ça va pas changer aujourd'hui. Je veux retourner dans la vallée, reprendre le lycée après les vacances. J'ai besoin de rien d'autre. Reprendre ma vie d'avant, c'est tout. »

Les lèvres de maman ont tremblé. Elle allait se mettre à chialer, j'avais envie de la frapper. Papa m'a prise dans ses bras, j'ai voulu le repousser mais il a serré fort. Je me suis laissée aller, j'étais bien contre son ventre. Maman aurait dû se lever, s'enfermer dans leur chambre, laisser papa me consoler, m'apaiser. Elle faisait toujours ça, avant. Capable de rien d'autre. Et là, elle a respiré lentement. Et sa voix n'a pas tremblé, quand elle a dit d'accord, on en reparle demain.

On est déjà demain, Journal, j'attends encore trois heures et j'irai les réveiller.

Je te referme.

Je suis pas sûre d'avoir besoin de toi maintenant.

Je sais pas si je te rouvrirai.

JOUR 54

[EDGAR]

Vendredi 9 avril 2021

Tessa,

Ce matin tu n'es pas venue à la visio. J'espère que tu vas bien. J'ai un pressentiment, c'est complètement débile, ça n'existe pas les pressentiments, et puis écrire ça, on dirait un mauvais roman. N'empêche. Je me dis qu'après tout ce qu'on a vécu toi et moi, on est peut-être connectés. Ça nous arrivait souvent de parler en même temps, ou d'envoyer des messages avec les mêmes questions. Ça te faisait marrer. Peut-être qu'aujourd'hui tu as senti que j'étais mal, que j'allais te raconter l'un des pires moments de ma vie. Te voir ce matin, ça m'aurait peut-être empêché de le faire. De replonger.

L'année dernière, après les vacances de la Toussaint, les cours ont repris, les entraînements aussi. Tout le monde était dingue de remonter sur les skis, tu ne parlais que de ça.

J'ai réussi à me contrôler jusqu'au dernier moment. J'y croyais, avec toi, j'y arriverais, c'était sûr.

Dans le bus, on chantait, Tomate passait dans les rangs en rigolant, tu t'es mise debout sur ton siège pour danser avant de t'effondrer sur moi en hurlant. On n'imaginait pas ce qui nous attendait en haut. Les stations n'avaient pas rouvert à cause du Covid. Juste deux tire-fesses pour nous monter aux deux pistes d'entraînement. D'habitude, au début de saison, on retrouvait les pisteurs de l'année d'avant, on rencontrait les nouveaux. On se retrouvait avec les habitués, des vieux avec des skis tout droits, des guides qui se préparaient pour la saison. Là, c'était désert, et les magasins, les restos, les bars étaient fermés. Sinistre.

En arrivant, tu as eu ton regard un peu perdu, mais ça n'a pas duré, tout de suite tu as commencé l'échauffement, et on t'a suivie. Je regardais les crêtes. Le tire-fesses nous menait juste à quelques centaines de mètres au-dessus, rien d'aérien. Mais les *shapers* nous avaient préparé une surprise. Sur la piste de droite : un saut deux fois plus haut que l'année dernière, juste pour nous. Tu as hurlé de joie.

On est montés. Tomate nous a dit de démarrer doucement, j'ai pris mon temps pour ma première descente, repérant chaque courbe, chaque bosse, chaque saut. Toi, tu as foncé et poussé ton cri en arrivant en bas. Moi, au bout de trois-quatre descentes à mi-régime, j'ai pu prendre le grand saut, tranquille, sans *trick* compliqué. Je retrouvais mes sensations, la glisse, la vitesse, le vent, les muscles tendus, l'envol. J'étais prêt.

J'ai décidé d'attaquer. Tu étais en train de remonter, tu ne me verrais pas. J'ai laissé Léon passer devant et j'ai suivi sa trace à quelques mètres. Après le premier virage, j'ai bien négocié le premier saut, la réception. J'ai foncé, pris mon impulsion.

Je me suis réveillé par terre.

Impossible de savoir ce qui s'était passé. Tomate a dit que mon impulsion était arrivée trop tôt, que je n'avais pas pu contrôler en l'air. Elle me regardait avec un air bizarre, un peu affolé. Je me suis relevé, vite, avant que tu me voies. Tu as déboulé à pleine vitesse, réception parfaite, et t'es arrêtée en m'envoyant un gros paquet de neige. Tu m'as sauté dans les bras et ce n'est qu'à ce moment-là que tu as compris.

Je ne m'étais même pas rendu compte que je pleurais.

Tu m'as glissé à l'oreille : « Ça va ? Qu'est-ce qui se passe ? » Je n'ai pas répondu. Je ne voulais pas risquer de m'effondrer.

J'ai attendu le car du retour. Tout le monde était épuisé, trop heureux. Moi j'avais prétexté un claquage pour arrêter. Tu t'es blottie contre moi. On ne pouvait pas parler, on en avait pas besoin, on était connectés.

Tu avais compris, et moi je comprenais que ce n'était que le début.

Je te raconterai la suite demain, c'est trop dur. J'aurais besoin de toi, contre moi, comme ce soir-là.

À demain,

Edgar

[TESSA]

Vendredi 9 avril 2021

J'arrive pas à écrire, Journal. Mais si je n'écris pas, je risque d'oublier. Maman est partie faire un tour, papa vient de me laisser. On a parlé longtemps, ça m'a fait du bien.

Je sais pas par où commencer.

Comment ils ont pu me faire ça ? Me cacher ça, tout ce temps, depuis l'accident.

Me cacher l'important, l'essentiel, le vital.

Ils ont dit qu'ils m'avaient rien caché, qu'Edgar était là, à l'hôpital, qu'on s'est parlé.

Je me souviens de rien.

Pas un flash, pas un pressentiment, pas un rêve.

C'est une autre qui a vécu ça. Pas moi.

À l'hôpital, je passais mon temps à dormir, j'étais assommée. Ils parlent d'une neurochirurgienne, je ne vois même pas qui c'est. Il y avait une femme qui s'appelait Sabine, mais elle, c'était la psy. J'ai des images qui me reviennent : papa à côté de mon lit, Mamie qui pleurait. Je sais pas si c'est vrai, si je l'ai pas imaginé. Un père ou une grand-mère, ça rend visite aux malades. Normal. Tomate, mes potes sont venus. Les gens les plus importants pour moi. Je m'en souviens pas.

Et je devrais me souvenir d'Edgar ?

Ce mec avec qui j'ai pas échangé plus de trois mots, en seconde ? Celui qui nous assommait avec ses détails techniques, ses analyses de *runs* ? Celui qu'on a jamais vu en soirée ?

Je peux pas avoir été amoureuse de lui, j'imagine même pas l'embrasser sur la bouche.

Alors croire qu'on était ensemble depuis un an ?

C'est un mytho, et les parents l'ont cru.

Ils disent que c'est avec lui que j'ai eu mon accident.

Ça, je veux bien le croire.

Si ça se trouve, je suis tombée à cause de lui, ou alors c'est lui qui m'a fait tomber, parce qu'il supportait pas que je sois plus forte que lui.

C'est ça. C'est sûr. Il était jaloux, à Val Tho, l'année dernière.

Ce mec est grave.

Comment il a pu faire croire ça à tout le monde ?

Et pourquoi personne m'en a parlé avant ?

Papa dit que c'est la psy qui a recommandé ça. Ça m'aurait fait un choc. Retourner dans la vallée, ça veut dire le revoir, c'est pour ça qu'ils ont craché le morceau aujourd'hui, pour me préparer.

Cette psy, Sabine, elle a contacté Edgar, mes potes. Tout le monde savait et s'est parlé dans mon dos.

Même Gil. Comment elle a pu me faire ça ?

Je te laisse, Journal, faut que je l'appelle.

Je viens de raccrocher avec Gil.

C'est vrai. Edgar et moi on était ensemble, amoureux, depuis presque un an. Le jour de l'accident, il m'avait emmenée au Pas du Collet, là où il avait eu un autre accident, seul, l'année d'avant. Pourquoi ? Gil ne sait pas.

Elle pleurait, elle voulait me le dire depuis longtemps, mais elle savait pas comment faire. Elle avait peur.

Elle avait raison.

Moi aussi j'ai peur. Peur de pas redevenir comme avant.

Je voulais plus jamais avoir peur.

Je voulais plus pleurer, je voulais plus être seule, je voulais gagner.

J'avais réussi.

Mais je suis qui maintenant ?

Je ne peux plus retrouver la Tessa d'avant.

Je ne sais même pas qui c'était.

JOUR 55

[EDGAR]

Samedi 10 avril 2021

Tessa,

Je rentre du Pas du Collet. J'ai demandé à mon père d'y retourner. Les conditions étaient pourries, mais j'ai insisté, il fallait que je voie. J'ai rien vu, trop de brouillard, et il s'est mis à neiger. On a fait demi-tour.

Mon père a préparé un thé, on s'est assis à la table de la cuisine. Je sentais qu'il voulait me parler, qu'il ne trouvait pas les mots. Chez nous, on préfère accorder nos souffles que nos violons. Au-dessus de 2 000 mètres, les mots sont souvent inutiles.

Il a fini par se lancer, en gardant les yeux rivés sur son mug préféré, celui que je lui ai offert en CE2, avec un saint-bernard, tu te souviens ?

On avait jamais reparlé de mon accident. Il a eu tellement peur qu'il a préféré faire comme si ce n'était pas arrivé. Depuis que je suis tout petit, il m'a emmené partout. La montagne, c'est sa vie, notre vie depuis toujours. Il m'a transmis tout ce qu'il sait. Une idée fixe chez lui : m'apprendre à limiter les risques.

Savoir la météo : les ruses des nuages, cirrus effilochés dans le ciel clair à l'avant des perturbations ; nuage lenticulaire, accroché sur les sommets, signe de vent en altitude. L'âne sur le mont Blanc, annonciateur du mauvais temps. Les pièges du vent : changements brusques, bourrasques, rafales, thermiques. Le fœhn, l'ennemi qui réchauffe et fait fondre la neige.

Connaître les ruses du relief : trous, crevasses, ponts de neige, corniches, névés, ressauts, séracs, lapiaz, dolines, dévers, moraines, requins planqués sous la neige, prêts à érafler les semelles.

Apprendre à lire la neige. Un seul but : éviter l'avalanche, les plaques à vent, les ruptures du manteau neigeux. Rechercher le top : la peuf, la poudre, la pow pow, vierge avant d'être trafollée, tracée par d'autres. Un cran en dessous, la moquette, neige décaillée de printemps, juste avant qu'elle se transforme. Et tout le reste : la soupe, le gros sel, le béton, la croûte, le carton. Sculptée en grattons, boules, cannelures, zastrugis ou crêtes de coq. Fraîche, légère, lourde, cassante, collante, humide, compacte, transformée, frittée, dense, douce, mouillée, pâteuse, dure, stable, tassée, vitrifiée, soufflée, pourrie.

Je sais tout ça. Mais mon père a occulté le plus important. Les raisons qui nous poussent à monter là-haut. C'est ça qu'il m'a dit devant son mug, ce soir. Ce besoin de nous dépasser, de chercher quelque chose de plus grand, de plus fort que nous. La tentation de rejoindre ceux qui sont morts, et qui nous appellent. Il avait mon âge quand il a perdu son premier copain, emporté dans une avalanche. D'autres ont suivi. C'est long, une carrière de guide. Là-haut, il les retrouve. Ils sont avec lui, quand la beauté ou le danger lui coupent le souffle. Chaque fois qu'il doit faire un choix en montagne, les morts sont là pour le guider.

Je n'ai pas de morts qui m'appellent, pas encore, mais j'avais quelque chose de mort en moi au Pas du Collet.

J'ai compris ça qu'aujourd'hui, à l'époque, c'était le gros bordel dans ma tête. Après mon premier entraînement foireux, j'ai pas lâché l'affaire. Je suis remonté sur les skis mais je ratais tous mes *runs*. Je disais que mon épaule s'était mal remise, que j'avais des douleurs qui m'empêchaient d'être à 100 %. Plus facile de prétexter une blessure, une vraie, que cette peur qui se lovait dans mon ventre et me tirait en arrière dans la *starting gate*, collait mes skis à la neige pendant le *run* et me retenait à chaque saut. Collante, filandreuse, elle s'insinuait partout, s'incrustait dans mes rêves, sous mes paupières quand je t'embrassais, paralysait mes mains qui te caressaient.

Et plus je m'enfonçais dans cette mélasse, plus tu filais vers la lumière. Tu gagnais tout, c'était ta saison.

Un samedi de décembre, j'ai craqué. J'ai voulu étrangler la peur dans mon ventre. J'ai réveillé la colère, celle que j'avais contre toi, avant Val Tho. J'ai explosé dans la *starting gate*, *ridé* à l'aveugle, transpercé l'air et défoncé la neige. Et je suis tombé, juste avant la *finish line*, sur une faute de carre de débutant. J'ai jeté mes skis, Tomate s'est précipitée, je devais avoir l'air enragé, je l'ai bousculée et je suis parti. Tu ne m'as pas suivi.

On s'est retrouvés le soir, dans le car, après ta course. Je ne voulais pas savoir si tu avais gagné, si tu étais tombée, je m'en foutais. Tu m'as dit que ça pouvait plus durer. J'ai pensé « Nous deux ? », et j'ai paniqué. Non, tu voulais me guérir. Et tu avais une idée.

On retournerait tous les deux au Pas du Collet. Tu disais, pour effacer mon accident, pour le remplacer par un *ride*, rien que tous les deux, un *ride* tellement beau, tellement fort qu'il anéantirait la peur.

C'était ton idée. Pas la mienne. Tu étais si sûre de toi, je t'ai fait confiance. J'ai oublié les risques, tout ce que m'avait appris mon père, ses recommandations, je m'en suis remis à toi, me suis laissé porter. Et voilà le résultat.

Tu aurais pu mourir. Il aurait peut-être mieux valu, tout plutôt que de n'être plus rien pour toi.

À demain, pour ma dernière lettre.

Edgar

[TESSA]

Samedi 10 avril 2021

Je suis sur le trajet du retour, Journal, je rentre, j'ai convaincu les parents.

Il faut que je sache ce qui s'est passé l'année dernière.

Tant pis si je regarde en arrière, tant pis si ça fait mal.

Je suis de retour.

Je rentre chez moi.

JOUR 56

[EDGAR]

Dimanche 11 avril 2021

Tessa,

Voici ma dernière lettre. La plus difficile à écrire.

Pour retourner au Pas du Collet, il fallait de la chance : de bonnes conditions, un jour sans compète. En attendant, je me prenais toujours des tôles, mais moins souvent, ou alors je les prenais moins mal. Tu savais quoi faire, tu avais trouvé la solution, et ça me rendait plus léger.

Le 14 février serait parfait. Beau temps, pas de vent, et prétexte idéal pour être seuls. Mes parents sont partis dormir chez des amis et nous ont laissé le chalet. Notre première nuit tous les deux. On a joué le cliché Saint-Valentin à fond, réchauffé un plat Picard, ouvert une bouteille de mousseux, allumé des bougies. Pour la première fois depuis des semaines, j'étais joyeux et calme. Tu allais me guider, on serait ensemble et après, tout serait fini.

Je n'ai pas vraiment dormi. Tu as beaucoup bougé dans ton sommeil, et chaque fois que je posais ma main sur toi, tu sursautais, comme si tu ne me reconnaissais pas. Je n'ai pas laissé le réveil sonner, je t'ai embrassée doucement au moment où il a affiché 4 heures. On s'est préparés en silence, je me concentrais sur le matériel, me repassais les conseils de mon père.

À la montée, j'ai pris la tête, confiant. Le soleil s'est levé à notre arrivée au col. Tu regardais la lumière sur les sommets, moi le gouffre s'ouvrir en contrebas. Je me suis concentré sur ton visage mais, trop tard, j'ai vacillé. Tu as dit : « Edgar, je t'aime. On y va. »

Je t'ai montré la ligne, j'ai insisté sur les pièges, du moins ceux que je connaissais. Tu as pris le temps de bien mémoriser, de comprendre la logique de la pente, de choisir la trajectoire au mètre près. Et tu as murmuré : « Vas-y, montre-moi. » J'aurais dû t'embrasser, mais j'avais peur de ne pas arriver à sauter ensuite. J'ai poussé sur mes bâtons, la neige était dure, fine, plaquée par le vent. Je crois que j'ai retrouvé ma trace, instinctivement, mais au dernier moment, juste avant la barre rocheuse, j'ai fait un autre choix. Et cette fois c'était le bon. J'ai sauté, j'ai entendu ton cri, « YIHA ! » juste avant d'atterrir, enchaîné trois virages avant de m'arrêter en sécurité sur une petite épaule.

Tu n'as pas attendu.

Tu as crié : « C'est dément ! »

Tu as sauté.

Tu as fait le mauvais choix.

J'ai vu la plaque à vent casser sous tes skis, je t'ai vue basculer, j'ai vu ta tête cogner, rebondir sur la pierre, ton corps tomber, glisser, englouti par la neige.

Je n'ai pas réfléchi, j'ai foncé droit sur toi, mais tu étais déjà loin, très loin en bas.

Très loin de moi. De nous.

J'aurais dû te dire non, j'aurais dû savoir, c'est moi qui savais, moi qui connaissais les dangers. On s'est crus plus forts que la montagne – tu t'es crue plus forte – mais rien n'aurait pu t'arrêter. Et c'est pour ça que je t'aimais.

Demain, je t'enverrai cette lettre, avec toutes les autres.

Et j'attendrai.

Je t'aime.

Edgar.

JOUR 57

[TESSA]

Le soleil se lève, ça va être l'heure. Il faut que je monte, trop envie, ça piaffe dans ma tête. C'est encore tout blanc au-dessus de 1 000 mètres.

Super bien dormi dans mon lit, avec ma couette, mes coupes sur l'étagère, mes fringues dans l'armoire, mon matos à la cave. J'ai tout retrouvé, comme avant. Pas de traces de l'année dernière, tout est à l'internat, a dit papa. Tant mieux, je repars à zéro.

Je les réveille, ils vont pas avoir le choix.

Les stations sont fermées ? Et alors ? Papa est OK pour monter mais d'abord, on passe chercher Papy et Mamie. Toujours en mode famille, unie contre l'adversité, vous avez dû décider ça en partant de Rennes. Encore un conseil des médecins, sûrement. Ça me va, du moment qu'on prend les skis. Tu résistes pas longtemps : d'accord, mais juste une descente, et sur la piste qui part du parking, pas en dehors. Ça va ressembler à rien, skier sur des pistes fermées, et puis comment on va remonter ? Je prends quand même.

Maman, t'as pas chaussé tes godasses de rando depuis des années mais là, bien obligée. Tu traînes des pieds en souriant, ça fait drôle. Raquettes, gourdes, lunettes, on fouille, on trouve rien pour toi. Chez Mamie, tu mets ton bonnet d'ado, avec des piquants, t'as la tête de Sonic, délire.

Dans la voiture, avec Papy et Mamie, vite connecter mon téléphone pour éviter Nostalgie, chercher *La Montagne* de Ferrat pour faire pleurer Papy, « Ils quittent un à un le pays », chaque fois ça lui fait verser sa petite larme. Il réclame *Étoile des neiges* et rigole de maman qui dansait là-dessus les bras en l'air quand elle avait quatorze ans, des cheveux coiffés en coque, un pull Oxbow et un sac Chevignon.

Sur le plateau, le monde de dingue au foyer de fond, la foule prête à tout pour une sensation de glisse, même entre deux rails, même à plat, même en s'équipant dans une salle qui pue la chaussette, et maman qui raconte ses sorties avec l'école, le ski de fond pire que le cross du collège, la gourde bue trop vite, les abricots secs qui gonflent, vomis sur le bord de la piste. Même en manque, comme j'ai dû être l'année dernière, j'aurais pas fait de fond. Jamais de la vie.

C'est déjà presque l'heure du casse-croûte, on va quand même pas le manger sur le parking derrière la bagnole comme les touristes. On prend les sacs, on monte pique-niquer au col. Les skis restent attachés sur la galerie, on verra à la descente. Il y a du monde sur la piste en contrebas, un groupe descend à tour de rôle et remonte les skieurs en voiture, ce qui est pris n'est plus à prendre, dit Papy, il faut profiter de la vie, dit Mamie, on arrête de parler et on y va ?

Ça grimpe tout doux au début, beaucoup de traces, peu de neige, du gros sel et du sable, des racines, des pommes d'épicéa s'accrochent aux crampons, le bruit de la route, les cris des gamins le cul sur leurs pelles, papa fait que parler, il meuble, parle de tout et de rien, et Mamie commente ce rien, ça bourdonne en arrière-plan, ce bruit de fond me pollue la tête, perturbe mon rythme. Maman, elle, au moins, elle se tait. Est-ce qu'elle respire encore ?

L'air est trop doux, il fait trop chaud, vite ouvrir ma veste, enlever mes gants, le bruit se déplace, me passe devant, l'air est trop épais, il rentre mal dans ma gorge, colle à mes poumons, c'est quoi ce bordel, réfléchis pas, marche. Je me rappelle, pour me faire avancer en montée,

Mamie me racontait des histoires, les trois petits cochons, elle en rajoutait quatre ou cinq, pour que ça dure le plus longtemps possible, et moi j'y croyais.

Plus de forêt, du ciel, du bleu, moins de traces, la chaîne du mont Blanc en pleine face, Papy montre l'Aiguille verte, les Drus, les Grandes Jorasses, l'aiguille du Midi, le mont Blanc du Tacul, le mont Maudit, le mont Blanc, le Goûter. Rien n'a bougé, ils sont tous là, ils m'ont attendue, je les vois comme avant. Ça, je pouvais pas oublier.

Papy sort sa bouteille de vin rouge en rigolant, Mamie n'avait pas capté, il dégage le tire-bouchon du couteau suisse, pose les gobelets sur un rocher, j'ai pas droit à l'alcool, juste une gorgée, de toute façon j'aime pas ça, le vin rouge, maman bloque sur son téléphone, papa coupe la tome, le saucisson, je me jette dessus et repars direct, je prends de l'avance.

Ça grimpe dur, ça pique les poumons et ça bat aux tempes, ça tourne aussi, un peu, pas regarder en haut, regarder par terre, un pas après l'autre, t'as pourtant bien couru à Rennes, et soulevé de la fonte dans ta chambre, les muscles sont là, peut-être un peu fondus, mais bien là, c'est à cause des globules rouges, ils se sont tous barrés, au niveau de la mer, faut qu'ils se reforment, faudra monter tous les jours pour qu'ils reviennent. Patience, comme au début, t'as de nouveau dix ans. Sauf que t'as des années d'entraînement barre-à-mine derrière toi, et que tu vas récupérer la condition vite fait. Monte, regarde pas derrière, ils pourront pas te rattraper.

Qu'est-ce qu'ils foutent là ? Ils ont la forme aujourd'hui. Mamie, lâche mon bras, me regarde pas comme ça, qu'est-ce que tu racontes, mais ça va super bien, allez, on s'arrête pas, on est presque au col. Bon d'accord, juste un peu, un petit somme, sur ton épaule, d'accord. C'est bon, cette chaleur sur ma joue, tes mains dans mes cheveux.

Au col, la vue à 360, des traces sur l'autre versant, beaucoup de traces, plus de poudreuse depuis longtemps, la neige lourde, humide, se transforme en eau dès qu'elle touche la peau, un goût métallique, je me rappelle, je la bouffais à pleines poignées, je me faisais craquer les dents et ça m'enfonçait un pieu dans le sinus, mais c'était bon quand même.

Les pylônes percent les pentes, les fils les balafrent, les restos, les gares de télécabines défigurent les épaules. Rien en mouvement, tout est immobile, figé, mort. C'est glauque, faut que ça bouge, faut que ça respire, que ça vive. Une saison entière foutue à cause du Covid. Trop contente de pas m'en souvenir, j'ai pas dû supporter.

Nuage de pollution jaune dans la vallée, l'air trop doux, l'eau qui ruisselle entre les rochers. Ça se réchauffe, les glaciers fondent, je sais pas si je voyais ça avant. Je sais pas si je prenais le temps. Maman raconte quand elle était petite, il fallait déneiger la cour, s'y reprendre à quinze fois pour démarrer la voiture, gratter le pare-brise, le retard à l'école, la maîtresse qui demandait plus pourquoi, les igloos creusés dans les tas de neige, les niches aménagées dedans pour les Barbie, les descentes en luge sur le talus du jardin, le tremplin fabriqué pour faire des sauts, le cul mouillé à travers la combi et le collant, la douche brûlante, avant d'enfiler le pyjama Damart qui faisait des éclairs d'électricité statique dans le noir. Maman, ça fait combien de temps que tu n'as pas souri comme ça ?

Photos : nous cinq face au soleil avec le mont Blanc qui fait un petit chapeau sur la tête de Papy ; panoramique en mode bleu pétant, même pas besoin de filtre ; le plateau en bas, avec son parking, son foyer de fond et ses fourmis humaines.

Si on veut faire une piste avant la nuit, faut y aller. Avec papa, on prend de l'avance dans la descente vers le parking. Papy a fait préparer les skis, mon ongle teste la carre affûtée comme un rasoir, je force la coque de la godasse, toujours ce cou-de-pied merdique. Au départ de la piste, des gamins en chasse-neige, un ado en snow, la neige est pourrie, croûte et soupe, des boulets partout à éviter, c'est naze mais rien d'autre alors pas le choix. Je serre les chaussures, 2-3-3-2, le réglage n'a pas bougé, morsure sur le cou-de-pied, on se regarde avec papa, un petit selfie et c'est parti.

Faux plat, pas de patineuse, poussée des bâtons, le souffle démarre, les muscles chauffés répondent, sur le côté droit, une ouverture, sans personne, un champ de bosses bien dégueulasse, parfait. Ça revient. En rythme, droite gauche, comme en slalom parallèle, je détestais, mais pas grave, garde le rythme, le buste droit, les genoux qui frappent, la tête immobile, une belle bosse en bas pour un saut, 360, ça se tente, mais garde le rythme, tu déconnes là, tu planes, trop tard, vitesse perdue, tant pis pour le saut, me regarde pas comme ça, papa, je sais ce que je fais, je vais pas me cramer direct après des semaines sans skier.

Tu vas voir, essaie un peu de me suivre, recherche de vitesse sur le bas de la pente, deux courbes, un mini-cross, regarde qui est la boss, premier saut, ça fuse, virage à gauche, deuxième saut, plus haut, les skis frappent la neige, les genoux résistent, virage à droite, je vais bouffer le dernier saut, en boule, ramassée comme une balle de revol…

Ça va, ça va je te dis, papa. Lâche-moi, je peux me relever toute seule. J'ai juste la tête qui tourne, c'est rien, c'était bon, trop bon, tu peux pas savoir, pleure pas, papa, je vais bien je te dis, Tessa la vista, c'est moi, je suis de retour, rien pourra plus m'arrêter, je vais tout péter, j'ai six mois avant la prochaine saison, je vais revenir, encore plus forte, tu vas voir, papa, pleure pas, tu me fais chialer, stop, j'ai dit que je pleurerais plus, jamais, me regarde pas comme ça, je vais les retrouver, ces putains de sensations, laisse-moi le temps. Tu disais toujours ça, concentre-toi sur tes sensations, elles sont là, faut juste un peu d'entraînement. Jamais je me laisserai aspirer, coller au fond d'un trou, au fond d'un lit, assommée de médocs à plus pouvoir me lever, je resterai debout, papa, si je suis revenue du coma, c'est pas pour faire de la figuration. Je regarde devant, pas derrière, je me souviens pas de l'accident, je me souviens pas d'Edgar, effacés, les deux, pour que je puisse avancer, me retrouver, me dépasser. Papa, crois-moi.

JOUR 58

[TESSA]

Ilona à gauche, Hortense à droite, Gil à l'extrême gauche, j'ai ma place préférée. Je vais faire l'inter comme j'aime, je vais les bouffer, visibilité pourrie, neige collante, j'adore, ça frotte au départ, ça claque contre la porte, tête baissée, mains sur les poignées, épaules et bras bandés, naseaux fumants, la ligne imprimée dans la tête, les muscles n'ont plus qu'à répondre.

Go ! Quatre alignées sur les premiers sauts, Gil en tête au virage, bagarre contre Ilona, vas-y, colle à mes talons, je te lâcherai pas un micron, un mur, elle a un mur devant elle, l'aspi de Gil, ma belle je t'aime mais je vais te bouffer pareil, tu me sens dans ton dos, attends encore un peu, encore ce saut, bien compacte, et virage, un millimètre entre la porte et toi mais ça me suffit, ça frotte, t'aimes pas ça je sais, allez, voilà, laisse passer, je t'aime mais je vais gagner, c'est toujours comme ça, toujours, pourquoi tu me regardes comme ça, Gil, t'as une drôle de tête, qu'est-ce que tu fous, te retourne pas, tu vas me faire tomber, Gil, c'est pas toi, Gil, t'es où, je vois plus rien, je te reconnais pas.

Cauchemar, l'horreur. Vite mon portable. Photos d'hier, ah oui c'est vrai, c'était top cette reprise. Programme d'aujourd'hui ? Hosto. Rien noté d'autre. Me regarde pas comme ça, maman, quand je te demande, je suis pas teubé. Le staff qui m'a soignée après l'accident veut me revoir ? Et j'avais dit oui hier ? OK, je te crois, mais j'ai vraiment pas envie.

Allez, une gorgée d'eau, une petite série de pompes, mes squats, mes développés, faut que je transpire, après, douche et hop, appeler Gil.

Ta tête sur la vidéo, ma Gil, quand je t'ai dit que j'étais rentrée, je t'adore, ma belle, on se voit demain, je le note direct, une teuf chez un mec d'une autre classe qui t'a invitée, sûrement pour te pécho. Tu veux pas y aller seule, on ira toutes les deux, mais avant on se retrouvera pour faire du shopping et se préparer, on sera les reines, ma Gil, on va tout déchirer. T'as rigolé mais j'ai bien senti ta gêne, tu repenses à ce que tu m'as dit sur Edgar, je le sais, j'ai relu mon journal avant de t'appeler. Je t'en veux pas, ma belle, t'inquiète. Je passerai pas ma vie à relire mon journal, faut qu'on passe à autre chose. C'est quelqu'un d'autre qui a vécu ça l'année dernière, pas moi, je vais pas revenir en arrière, toujours foncer, toujours regarder devant, mon seul objectif, c'est la prochaine saison, je vais revenir comme j'aime, au forcing, je resterai pas longtemps derrière, rien pour me retenir, rien pour me distraire.

À l'hosto, rien ne me revient. C'est comme si j'avais jamais mis les pieds ici. Des couloirs bleu pastel, un sol vert sapin, des néons, ça pue, c'est glauque, je me barre. Je sors juste prendre l'air, lâche-moi, maman. Vous êtes toujours scotchés maintenant, avec papa, l'accident vous a recollés mais moi j'étouffe au milieu. Elle fait quoi cette meuf enceinte sur le parking, à marcher en rond en se tenant les reins ? Son mec la soutient, lui parle. C'est beau, ce ventre énorme qui dépasse du tee-shirt, avec la petite bosse du nombril, ça donne envie de toucher, elle respire fort, je me cale sur elle, mes côtes s'ouvrent, mon diaphragme descend, c'est bon, cet espace, dedans.

Docteure Meyer, c'est vous qui m'avez opérée ? Du bon boulot, enfin, qu'à moitié quand même. Ça vous fait rigoler. J'aime bien comme vous parlez. Nette, précise, y a que vous qui me parlez comme ça. On s'est reconnues, vous et moi. On fonce, on maîtrise, pas d'hésitation. Et quand on sait pas, on le dit, point. Vous devez être aussi précise avec un scalpel que moi avec mes carres. Aussi affûtée. Si j'étais bonne en sciences, j'aurais pu faire ça, chirurgienne.

Et puis vous avez dû en baver. Ça se voit aux rides sur votre front. Rides de lionne. Je dis ça mais j'ai pas envie d'avoir les mêmes. Les souvenirs de l'année dernière, vous dites que ça reviendra peut-être pas, aucun moyen de le savoir. Je m'en fous en vrai, même si je vois bien que vous me croyez pas. La mémoire immédiate, par contre, ça se travaille. Les photos, l'agenda sur le téléphone, c'est bien, mais ça suffit pas. Il faut bosser. Reprendre les exercices avec une autre ergo, ici, en faire d'autres. OK, c'est juste une ligne en plus dans mon programme d'entraînement. Ça, je sais faire.

Au tour de la psy maintenant. Non, je vous reconnais pas, on s'est déjà vues, puisque vous le dites, et vous vous appelez Sabine, c'est marqué sur votre badge. Vous êtes mal à l'aise, ça se voit, vos mains se tordent un peu, et puis vous vous en apercevez, alors vous les posez bien à plat, trop à plat sur la table. Vous expliquez pourquoi vous avez décidé de me cacher la vérité. Je devrais vous en vouloir mais en vrai, non. Ça sert à rien, on peut pas revenir en arrière. Et puis j'aime bien votre tête, un peu chevaline, des yeux noirs, la peau foncée, les boucles sur vos épaules, quand vous parlez, c'est comme du miel, ça m'enrobe, c'est chaud, c'est doux, vous racontez mon coma, c'est comme l'histoire d'une autre fille, mais elle me plaît, ça devait être pas si mal, si vous étiez là, avec votre voix de miel, qui me récitait des poèmes, comme maintenant, un truc qui parle du matin qui décide d'être beau et du bois dont les vivants sont faits. J'aime.

Toi par contre, ta tête me dit quelque chose. C'est peut-être tes cheveux noirs épais qui font comme un casque. Non, c'est pas ta tête, c'est ta main. Ta main qui serre mon poignet, ça je peux pas oublier, ça vient pas du cerveau, ça vient du ventre. Je sais pas ce que tu fais avec tes mains, Quentin, mais elles me parlent, là tout au fond, un truc de dingue, tu dis pas grand-chose, tu me regardes à peine, tes mains parlent, elles m'enveloppent, me guident, elles me disent que j'ai le droit d'avoir peur, peur de pas redevenir comme avant, de pas me souvenir, de plus jamais gagner, de faire chier tout le monde avec mes trous de mémoire, de plus jamais plaire à quelqu'un, de rester collée, au fond d'un trou noir. Avec toi, j'ai envie de pleurer, alors je pleure, je m'en fous, c'est bon, j'ai le droit.

JOUR 59

[TESSA]

T'as vu, ma Gil, j'ai pas oublié qu'on allait en soirée, merci mon phone ! Me regarde pas comme ça, j'avais envie de changer, c'est tout, ce maquillage, il va mieux avec mes cheveux courts, je fais plus vieille, ça me plaît, j'aime pas mon nouveau corps, plus maigre, moins musclé, moins affûté, j'ai fondu, me suis ramollie. Toi, tes quadriceps sont bien marqués quand tu mets ton jean, j'aurais envie de passer mon doigt dessus, pour sentir les fibres rouler. Tu aimais ça, à l'internat, après une journée de compète, nos massages à tour de rôle, je suis la pro pour dénouer tes nœuds, ma Gil, surtout ceux que te fait ta mère, bien serrés. Je t'ai demandé, tu veux pas en parler, mais moi je sais, ça se voit, ta mère t'a encore dit qu'elle était déçue de ta saison, et moi, cette fois j'ai pas été là pour toi. Mais je suis de retour, ce soir, c'est que le début, ce sera pas comme avant, ce sera encore mieux.

Ils ont mis le paquet pour cette teuf, lumière, platines, bar bien fourni, j'ai pas droit à l'alcool, allez, juste un verre pour me lancer, le mec qui t'a invitée est nouveau, il doit y avoir que des gens de son ancien lycée, on connaît personne, c'est le pied, personne pour se rappeler qui j'étais avant mon accident, personne pour me regarder, comme tu l'as fait, Gil, tout à l'heure, avec cet air de pitié, quand j'ai passé la main dans mes cheveux, pour sentir ma cicatrice. Personne qui connaît Edgar, on est en terre inconnue, on peut se lâcher, j'ai envie que de ça ce soir, tout lâcher, oublier le trauma, le coma, l'hôpital, les larmes de papa, l'ergo au centre à Rennes, même ma saison prochaine, l'entraînement, les compètes. Ce soir, la musique fait battre le sang dans ma tête, ma tête tourne avec l'alcool et mes pieds commencent à danser.

Toi, t'es vraiment BG, tu me regardes depuis un moment, tu bouges pas, tu ne parles pas beaucoup, tu observes, tu dégages un truc, je saurais pas dire quoi, tu me rappelles mon premier mec, en troisième, il était mignon, pas très grand, et surtout, comment on dit déjà ?, taciturne. Ça m'a toujours plu les mecs taiseux, modestes, qui la ramènent pas, le contraire de moi, j'adore, je me supporterais pas si j'étais pas moi, les grandes gueules je déteste, ha ha ha. On a mis deux mois avant de s'embrasser, mais la première fois, ça été le pied, pas comme ceux d'avant qui savaient pas dans quel sens tourner la langue. Non, là, tout de suite nos bouches se sont accordées, nos mains aussi, je sentais ses côtes à travers son tee-shirt, j'aimais l'os de sa hanche contre ma cuisse. Ça n'a pas duré, on a essayé de faire l'amour, on savait pas vraiment comment s'y prendre, on a galéré et on a fini par le faire parce qu'on avait décidé mais ç'a été le début de la fin. Avec toi, le BG, ça pourrait être pas mal. Comme ce mec en soirée, je sais plus quand, mais je m'en souviens, on s'est jamais revus, dommage, c'était vraiment bon avec lui. Allez, petite photo en douce et je me lance, je vais pas attendre que tu te décides, j'y vais, désolée, ma Gil, ça aussi, je dois voir si ça fonctionne encore.

J'aime quand tu souris, tes dents qui brillent dans le noir, les petits plis au coin de tes yeux, j'aime quand tu écoutes, je tiens le *flow*, si j'arrête tu risques de t'échapper, alors je te prends dans mon filet de mots, tu sais rien de moi, je pourrais m'inventer une autre vie, d'autres amis, d'autres parents, une vie de fille d'ici ou d'ailleurs, passionnée d'équitation ou juste dingue de fringues, je pourrais m'inventer une histoire d'amour tragique avec un mec qui m'aurait larguée comme une vieille chaussette, je pourrais dire que j'aime les filles, je serais pas si loin de la réalité. Mais je sais pas faire, inventer des histoires. Et raconter ma vie, surtout ces derniers temps, tu vas te barrer en courant, alors je parle ski, X Games et *free ride*, les vidéos, les champions, tu m'écoutes, je reprends un verre, tout devient plus fluide, ça coule, tranquille, de ma bouche à ton oreille, et j'entortille ce fil invisible autour de mon doigt pour que tu rapproches ton visage, ça tangue, c'est humide, chaud sous mes lèvres, ça pique un peu, c'est pas désagréable, je sens tes côtes sous ton tee-shirt, la musique est trop forte, la lumière clignote, on devrait se trouver un coin plus calme, j'ai envie de m'allonger, de te sentir entre mes cuisses, viens, viens on s'allonge, viens on éteint la lumière, la musique, je suis bien mieux par terre, ça tourne moins…

Qu'est-ce que vous avez à me regarder, tous, ça va je vous dis, je vais rentrer, Gil, lâche-moi le bras, je peux marcher, je veux pas de ta pitié, je te l'ai déjà dit, tu vois, ça je m'en souviens. Vous comprenez rien. Je vais me relever.

Seule.

JOUR 60

[TESSA]

Rien, je peux plus rien faire, plus skier, plus boire, plus danser, plus faire la teuf, plus baiser. Il me reste quoi ?

Non, maman je t'ouvrirai pas, t'as jamais été là, maintenant tu veux rattraper le temps perdu, tu m'envahis, tu me colles, tu m'entraînes au fond avec toi, je te suivrai pas, lâche-moi, je vais me relever, toute seule, j'ai pas besoin de toi. Papa a compris, lui, il me fout la paix, il fait comme si tout allait bien, comme si tout allait reprendre comme avant. On efface tout et on recommence. C'est ça qu'il me faut.

Non, Gil, je répondrai pas, je veux pas de ta pitié, de ta gêne, de tes yeux qui demandent pardon, pardon d'avoir menti, pardon de m'avoir rien dit. Je peux pas te pardonner, ma Gil, pas ça, je voulais, mais j'y arrive pas, si tu m'avais tout raconté tout de suite, j'en serais pas là, peut-être que le choc aurait fait revenir ma mémoire, peut-être que j'aurais pété un plomb, mais je serais pas ça, cette fille couchée au fond de son lit, qui sait plus rien faire d'autre que dormir.

J'y croyais.
Ici, tout irait bien.
Ici, les souvenirs reviendraient.
Ici, je me retrouverais.
Mais rien.
Silence.
Pas penser.
Pas voir.
Rien sentir.
Rien, je suis rien.

JOUR 61

[TESSA]

C'est quoi ce paquet ? Des lettres. Edgar. Ce mec est ouf. Un psychopathe.

Je veux pas de lui, j'en voudrai jamais.

Jamais j'aurais pu être amoureuse de lui. Des jours que j'essaie de me souvenir, rien qui revient.

Je lirai pas ses lettres.

JOUR 62

[TESSA]

OK, maman, je t'ouvre, mais je parlerai pas, vas-y, balance ce que tu as à dire, allez, je devine, tu t'inquiètes pour moi, tu veux pas me voir comme ça, il faut que je te raconte.

Je parlerai pas, ça sert à rien, y a rien à dire, t'as jamais été là, pourquoi tu serais là maintenant ? T'as pas été là quand on a déménagé, quand je rentrais de l'école, pour te raconter les mots, les regards des autres enfants sur moi, leurs silences et leurs dos tournés. T'as pas été là quand j'ai commencé le club, quand je ramais pour rattraper le niveau, quand je tombais à chaque slalom, quand je m'effondrais de fatigue après l'entraînement. T'as pas été là pour mes premières règles, pour mon premier baiser, pour ma première fois avec un mec. Et quand tu étais là, tu dormais ou tu regardais dans le vide, avec ton sourire mécanique et ta voix atone. Atone, ce mot, quand je l'ai trouvé, un jour, dans un texte au collège, je l'ai cherché dans le dico et je te l'ai collé au front.

T'as arrêté d'être atone le jour où tu es partie. Mais moi, j'avais déjà plus besoin de toi.

Vas-y, parle, je t'écoute : l'année de mes huit ans, tu peux pas t'expliquer ce qui s'est passé. Oui, on avait tout pour être heureux tous les trois, alors quoi ? Parler avec une maman à la sortie de l'école, organiser un dîner entre amis, m'aider à faire mes devoirs, réserver des vacances ? Tu y arrivais plus ? C'était que ça ? Tu n'étais pas capable ? Tu étais fatiguée ? Mais la fatigue, c'est pas ça, maman, la fatigue, c'est quand t'as tellement mal aux jambes à force d'avoir couru que t'as l'impression qu'elles continuent à courir toutes seules. La fatigue, c'est quand ton réveil sonne et que tu voudrais le fracasser contre un mur pour qu'il s'arrête. C'est pas ça, la fatigue, c'est pas être fatiguée de rien faire.

Et ça a empiré avec le déménagement ici ? Une fausse bonne idée ? Nous on y croyait avec papa : ici, tout allait s'arranger, c'était sûr, t'avais besoin de ça, être avec Papy et Mamie, retrouver la montagne. Avec papa on te laissait te reposer, je te réveillais plus le week-end, on te retrouvait le soir et je te racontais les courses, les entraînements. Toi, tu me regardais toujours avec tes yeux vides.

Tu dis que tu t'es noyée, ici, que tu étais aspirée par le noir qui envahissait tout.

Je sais. Je pensais que j'arriverais à te tirer de là mais tu t'es enfuie avant. Tu m'as pas laissé ma chance. J'aurais réussi, maman. Je devenais une championne, je gagnais tout. Ça aussi, je l'aurais réussi.

Tu dis que le confinement nous a rapprochées, que tout s'est apaisé l'année dernière. On en a pas parlé, mais tu as senti que je t'avais pardonnée. Et qu'on pourrait repartir sur de nouvelles bases, toi et moi.

Facile de me dire ça, je me souviens de rien. Je suis obligée de te croire.

Et puis l'accident a de nouveau tout bouleversé.

Tu as eu peur de me perdre.

Tu vois ce que ça fait maintenant ? Avoir peur, tout le temps, quand on rentre de l'école, d'une journée d'entraînement ou de la piscine. Marcher sur la pointe des pieds jusqu'à la porte de la chambre, l'ouvrir doucement, un centimètre, sans faire de bruit, ne pas entendre le souffle, s'approcher encore, sentir la peur grandir dans le ventre, la main trembler, mais la poser sur l'épaule, effleurer la joue du bout des doigts, sentir la chaleur, et repousser la peur, jusqu'à la prochaine fois.

Ça y est, tu m'as fait chialer.

Me regarde pas comme ça. Prends-moi juste dans tes bras, berce-moi, dis-moi que tu seras toujours là, dis-moi que tu m'aimeras, même si j'ai pas réussi à te sauver, même si je suis pas à la hauteur, même si je redeviens pas une championne, même si je perds, même si mes souvenirs ne reviennent pas. Dis-moi que quoi qu'il arrive tu seras fière de moi.

Tu me parles d'amour, de celui d'Edgar, de ces lettres que je devrais ouvrir, tu dis que c'est une chance, que ça n'arrive pas souvent.

Parle-moi encore d'amour, maman.

Laisse-moi poser ma tête sur tes genoux.

Non, tu n'es plus la même.

Je ne suis plus la même.

Il nous faudra du temps.

Tu as trop parlé, maman. Je ne me souviendrai peut-être pas de ce que tu m'as dit demain.

Je vais me lever.

Soulever un peu de fonte, faire quelques pompes.

Appeler Gil. Faut qu'on se parle.

Sortir.

Mais j'ouvrirai pas ces lettres.

La Tessa qui les a inspirées est morte. Et je suis vivante.

Et c'est cette fille-là qui doit revoir Edgar.

JOUR 63

Tessa : « Salut, je suis rentrée. »

Edgar : « Salut Tessa. Ça va ? »

Tessa : « Grave ! »

Edgar : « Je meurs. »

Tessa : « Plaisante pas avec une revenante stp. »

Edgar : « Tu es en forme on dirait… »

Tessa : « Ça va. Bon, j'ai reçu tes lettres. Je les lirai pas. La mémoire qui revient pouf d'un coup après un choc, ça n'existe que dans les films. Il faut que je vive avec ce trou d'un an dans ma vie. »

…

Tessa : « T'es là ? Tu réponds plus ? »

Edgar : « Désolé, je comprends. Je te laisse. »

Tessa : « Attends ! Reviens, j'ai pas fini. Je voudrais qu'on remonte tous les deux au Pas du Collet. »

Edgar : « Comment ça ? »

Tessa : « J'ai besoin de retourner là-haut. Pour voir. Il n'y a que toi qui sais. »

Edgar : « C'est trop dangereux, on est au printemps, le manteau neigeux est instable. »

Tessa : « Je te demande pas de skier. Je te demande de m'emmener voir, juste avec les crampons. »

Edgar : « Je vais réfléchir. »

Tessa : « Tu me redis demain. »

Edgar : « À demain. »

JOUR 64

[EDGAR]

La revoir.

J'ai peur, j'ai pas le choix.

Oublier son regard vide à l'hôpital, ses lèvres pincées, sa main qui recule.

On repart à zéro.

Sans filet, cette fois. Pas de lettres, pas de mots.

Toi et moi. Et la montagne.

Elle nous sépare, nous réunit.

Edgar : « C'est oui. Rendez-vous chez moi dans deux jours, si la météo est OK. »

JOUR 65

[TESSA]

T'es vraiment dingue, Tomate. Débarquer comme ça sans prévenir, me sortir du lit, c'est abusé. Dis pas le contraire, j'ai vérifié mon agenda, t'étais pas dessus. Et puis m'emmener skier sur la seule piste d'entraînement ouverte du coin, y a que toi pour avoir cette idée. Depuis une demi-heure, t'arrêtes pas de parler. Tu beugles par-dessus les Guns N'Roses à fond dans ta Clio pourrie. Tu m'as fait le résumé de la saison, les compètes que j'ai loupées, *run* par *run*, comme si elles se déroulaient en direct sous tes yeux. Saison pourrie pour tout le monde au club, tu devrais être bien vénère contre moi mais ça te fait rigoler. C'est comme si les autres avaient freiné pour m'attendre, comme s'ils s'étaient mis en pause avec moi (même Ilona). Au début, ça t'a paniquée, tu voyais les chutes, les chronos pourris, tu gueulais sur tout le monde, prenais chacun en individuel, changeais tes entraînements, essayais de nouvelles préparations, tu as même pensé faire changer de matos à quelques-uns. Et un jour, tu as compris. On était une équipe. Même si on se bagarrait les uns contre les autres tout le temps, on était une équipe, soudée. Tu me donnes envie de chialer, Tomate, en plus Axl Rose chante *Sweet Child O' Mine.*

Heureusement qu'on arrive, j'ai plus d'oreilles et il faut encore m'extraire de ta caisse. Et mais qu'est-ce que tu fais ? Pourquoi tu te déshabilles sur le parking ? Tu mets une combi *racing* ? Et t'as pris la mienne ? Je pensais qu'on se faisait une petite piste tranquille toutes les deux ! Tu rigoles toute seule de ta blague.

OK, tu vas voir qui est la boss. C'est bon de sentir le lycra mouler mes muscles, je sens déjà l'air glisser dessus, pas besoin de cape pour me sentir Superwoman direct. Hé, mais c'est quoi ça, Tomate, un cadeau ? Trop beau, ce casque. « Du doré pour une fille en or », tu n'es pas allée la chercher bien loin, celle-là. Petit selfie toutes les deux ? Ce serait dommage d'oublier ça. Allez, assez rigolé, on passe aux choses sérieuses.

Tu connais tout le monde ici, tu es dans ton élément, tu checkes tout le staff, tous ces mecs qui se ressemblent, grands et balèzes, des gros bébés, anciens descendeurs devenus entraîneurs. Ils me regardent comme si rien ne s'était passé et qu'il était tout à fait normal de me laisser descendre une piste après l'entraînement officiel.

Je te sens fière. Plus fière que quand j'ai gagné Val Tho, c'est marrant. Tu dis : « Une revanche, c'est plus fort qu'une victoire, tu vas voir. » Ça a l'air super important pour toi parce que t'as un drôle d'air en disant ça. Mais on s'attarde pas, sinon on va se ramollir, et vu ce qu'on a à faire, il faut pas.

Sur le télésiège, plus envie de parler. Le ciel est gris, la neige pas terrible, c'est pas la journée de rêve mais plein de détails me font des clins d'œil : un huit dans la neige, entre deux rochers, les vieilles étiquettes Montaz-Mautino toutes défraîchies sur les pylônes, un gant tombé au pied d'un sapin. Nos traces d'humains sur la montagne, qui disparaîtront bien avant que les montagnes disparaissent, même si le plastique met des milliers d'années à se dégrader.

En haut, ils nous attendent. Ils nous ont réservé un mini-créneau de quinze minutes après l'entraînement. Les skieurs sont déjà partis, Tomate a fait les choses bien. J'aurais pas supporté de les voir. J'ai trop rêvé d'être avec eux. J'y croyais. Une saison bousillée par le Covid, une autre par mon accident. Est-ce que la prochaine sera la bonne ? Je sais pas, je m'en fous. Te pose pas de questions, défonce la porte et jette-toi dans la pente. OK, Tomate, on s'échauffe, après, on y va.

Fonce, tourne, saute, compacte, tourne encore, saute, ça frotte derrière, pas si mal, Tomate, mais t'arriveras jamais à me faire l'inter, regarde bien, souple sur les *whoops*, dernier virage, dernier saut, *finish line*, dérapage.

Tomate, lâche-moi, tu m'étouffes, laisse-moi descendre, arrête de hurler dans mes oreilles ! Oui, je suis de retour, c'était pas parfait mais c'était bon.

À l'année prochaine.

JOUR 66

[EDGAR]

Le réveil sonne dans une heure, tout est prêt. Papa a été ferme : il nous accompagnait ou rien. Tu dois être soulagée qu'on ne soit pas seuls. Au fond, moi aussi.

Tant pis, je me lève, le ciel est clair, quelques étoiles s'attardent, pas de chance, un changement de météo et tout était annulé.

Je ne devrais pas faire ça mais ça fait trop longtemps que je repousse, je cherche une photo de groupe, prise par Tomate, juste avant le premier entraînement de la saison, avec toi souriante plantée au milieu, et moi planqué dans un coin, l'air ailleurs. On est au début de la seconde, et c'est ma première photo de toi. D'autres, en soirée, te montrent toujours en mouvement, en train de danser en arrière-plan, floue. Et puis après mon accident, plus rien, pendant des semaines.

Notre histoire est sans image. Pas de selfies pour me séduire, encore moins de *nudes*, pas de photos de ton quotidien, à Rennes, de tous ces moments qu'on aurait pu partager, même à distance : les essais de cuisine des parents, les promenades dans la ville déserte, les entraînements, les captures de visio, tout ce que les autres s'envoyaient à longueur de journée pour recoller les morceaux de nos vies éclatées. Je ne voulais pas d'image, pour mieux t'imaginer, te rêver. Je ne voulais que des mots entre nous. Je te les ai confiés, et tu les as enterrés.

Et si tu avais jeté mes lettres ? Et si notre histoire ne devait plus exister que dans ma tête ? Déjà, certains détails deviennent flous, ou au contraire, trop précis, comme si je les avais reconstitués après coup, à ma manière. Factices.

Après nos retrouvailles, les photos reviennent, et cette fois tu n'es plus en arrière-plan, tu n'es plus floue, tu es là, captive, immobile, et je m'aperçois que c'est toi qui prenais toutes les photos de nous. Jamais je ne t'ai mise dans mon viseur. Tu me tends un miroir, tu es comme tu voulais apparaître, pas comme je te voyais.

Et il manque l'essentiel, tout ce que les images n'ont pas capturé. Nos corps au bord du ruisseau, ta tête sur ma poitrine au refuge, tes seins quand tu remettais ton soutien-gorge. Pas de vidéos pour entendre ton rire quand je t'embrassais derrière l'oreille, ton souffle pendant l'amour, ta voix qui tremblait parfois. Rien pour me souvenir de ton odeur citronnée ou de la douceur humide de ta peau au creux de ton bras.

La dernière photo de nous, tu l'as prise et envoyée juste avant de sauter la barre rocheuse. Nos yeux cachés sous le masque, nos sourires figés, rien ne dit mon cœur qui cognait dans ma poitrine. Et je ne saurai jamais si le tien battait fort aussi. Heureusement que je n'ai pas filmé ce jour-là. J'aurais immortalisé ta chute, et tout ce que nous avons vécu aurait été réduit à une minute de pixels et de son.

Le réveil sonne.

C'est l'heure.

[TESSA]

Je progresse. J'ai vérifié dans l'agenda, mais je me souvenais. C'est pour aujourd'hui.

C'est loin, chez Edgar. Une heure de route en lacets, une piste dans la forêt, un chalet paumé dans la montagne, la chance. Dommage qu'on soit pas en hiver, la motoneige, j'aurais kiffé. Personne n'a desserré les dents depuis le réveil, dur d'émerger à 4 du mat'. Maman se concentre sur la route, papa finit sa nuit à l'arrière.

J'aime bien ce chalet, le bois partout, la cheminée, la peau de mouton sur le canapé. J'aime bien la mère d'Edgar, ses cheveux filasse, sa tunique indienne. J'aime bien son père, ses mains calleuses, précises, qui vérifient le matériel. Elle parle de tout et de rien, il se tait.

Edgar.

Pas très beau, pas très grand, silencieux, nerveux.

Le même mec que l'année dernière.

Rien de plus.

Faut qu'on monte, maintenant.

[EDGAR]

Les cheveux courts, les angles du visage, le regard.

C'est elle et ce n'est pas elle.

On y va.

[TESSA]

Le jour va se lever, on est pas en avance. Je peine, souffle court, tête qui tourne, non mais ça va. Oui, une pause, un peu de thé chaud. Dans la vallée, les lumières s'allument dans les maisons, les phares des voitures s'alignent à la queue leu leu. J'ai vu ça mille fois, mais aujourd'hui c'est pas pareil.

Personne ne parle. Entre Edgar et son père, des gestes, des regards, pas besoin de mots. Le thé fume, nos souffles aussi.

Je ne suis plus pressée d'arriver.

Je savoure.

[EDGAR]

Mes pas vident ma tête. Il faut que je me sépare de mes souvenirs. Je les dépose ici. Ta visite à l'hôpital, sous cette grosse pierre ronde, ton regard perdu, au sommet de cet épicéa, tes premiers messages, derrière ce rocher moussu, ta voix mouillée après ma première lettre, accrochée à la branche de cet arbuste, et tout le reste, toutes mes lettres, nos échanges, nos retrouvailles, notre premier baiser, ta tête endormie sur mon épaule, notre première fois, tes bras autour de moi après mes *runs* ratés, notre dîner aux chandelles, les mots chuchotés à ton oreille quand l'hélico est arrivé, ma colère contre toi, parce qu'on était remontés là-haut, je les abandonne, comme on retire les petites peaux après un coup de soleil, en tirant doucement, pour que le maximum de surface se détache, et laisse la peau rose briller en dessous.

On est en retard sur le lever du soleil, la neige colle aux crampons, le vent se lève, on ne va pas s'attarder.

On y est.

Papa montre le chemin qui descend vers la barre rocheuse. Il nous attendra là-bas, le long de la crête. On se retrouve dans une demi-heure.

Il t'a demandé trois fois si ça allait.

Tu m'as regardé.

Tu as dit oui.

On descend.

Je ne retrouve pas mes repères, la neige a beaucoup fondu, les rochers sont saillants, les lignes incertaines. J'entends tes pas derrière moi. Papa a vérifié la corde pour le principe. Il n'y a pas vraiment de danger mais il ne veut prendre aucun risque.

La corde me retient, tu t'es arrêtée, tu observes la barre rocheuse.

Tu as gardé tes lunettes, ton tour de cou.

Je ne distingue pas ton visage.

[TESSA]

C'est là.

Pas de miracle.

Rien ne revient.

C'est juste une barre rocheuse, un peu plus haute que les autres, peut-être. Des pierres, de la neige, un arbre rabougri.

En contrebas, les voitures ressemblent à des jouets, les usines à des blocs de Lego.

Une forme bouge là-bas, peut-être un chamois qui attend notre départ pour traverser un éboulis.

Sur la crête, un choucas vole en rase-mottes.

La vie reprend, sur les sommets, après l'hiver.

C'est le printemps.

Je ne prends pas de photo.

Il n'y a plus de traces.

Juste, à l'autre bout de la corde, un garçon qui m'attend.

REMERCIEMENTS

À Sabine, pour son témoignage précieux sur les services de réanimation.

À la ville de Rennes, qui m'a octroyé une bourse d'écriture pour ce livre.

Cet ouvrage a été achevé d'imprimer sur Roto-Page la rage au ventre
pour le compte des éditions Thierry Magnier
par l'Imprimerie Floch à Mayenne en décembre 2022
Dépôt légal : janvier 2023
NBJ/00154.01.00001.001
N° d'impression : 101704
Imprimé en France